# 熊金家のひとり娘

まさきとしか



幻冬舎文庫

# 目次

# 熊金家のひとり娘

# 第一章

## 1971年　北の小さな島

もうすぐ私は、知らない男の前で足をひらくだろう。

男の皮膚はべたつき、魚と汗の匂いがするだろう。濁った息、黄ばんだ歯、汚れた指。恐ろしいことほど執拗《しつよう》に想像してしまう。

でも、最近、もっと恐ろしいことに気づいてしまった。それが知っているひとだったら、ということだ。もし、百合《ゆり》ちゃんのお父さんだったら。澤村《さわむら》くんのお父さんだったら。いや、澤村くん自身だったら。学校の先生や駐在さんだったら。彼らは、私を知らないひとと見なし、平気な顔で足をひらかせるのだろうか。

どうしよう、中学三年生になってしまった。


月のものが来ないのはおかしい、と祖母が言った。

「十四にもなるのに遅すぎる」

ちゃぶ台の前に座ったまま、怒った口調で続ける。

いや、と掠《かす》れた声が出たきり、私はなにも言えなくなった。いままではっきり口にしたことはなかったけれど、祖母がずっと気にかけていたのは知っていた。

「診療所の医者に診てもらう」

祖母の声は、おぞましい光景を連れてきた。年老いた医者の前で足をひらく自分の姿が浮かび、私はぎゅっと眼を閉じてその空想を押しつぶす。

「学校は休め」

「休めないよ」

「学校なんかどうでもいい」

祖母にとっての学校はその程度のものなのだ。

いまは時代がちがうから、と私は中学校に通っている。それを自分の慈悲による特別なことのように思っているふしがあるけれど、あたりまえだ、義務教育なのだから。

「まだなんだろ、月のもの」

容赦なく追いつめる物言い。しみが散った顔に、真っ赤な口紅だけを塗っている。赤は邪《じゃ》を跳ね返すからな、と一日に何度も塗り直し、ごはんを食べるときも寝るときも落とさない。だから、祖母の白い作務衣《さむえ》や枕や布団、手ぬぐいや布巾《ふきん》には、口紅の跡が薄茶色に染みついている。湯のみにべっとりついた赤は、まるで祖母の分身のようだ。

朝起きたときから、私を診療所に連れていくと決めていたのだろう。いつもなら作務衣の上から菩提樹《ぼだいじゅ》の数珠《じゅず》を垂らし、えんじ色のカーディガンを羽織《はお》っているのに、今朝は作務衣の代わりに茶色いセーターを着ている。

頭のてっぺんから鉄の杭《くい》を打ち込まれた心地だった。捕らわれている。身動きできない。この島から出ていけない。もし、祖母を振り切ってフェリーに乗ったとしても、出航する前に引きずり降ろされるに決まっている。私は未成年だから、大人たちには祖母の声のほうがよく聞こえるのだ。

「早くしろっ」

前を歩く祖母が振り返り、叱るように言う。ひとりで行けるよ、と何度言っても聞こえないふりをする。

海から冷たい風が吹きつけてくる。空は薄青なのに、海は灰色をたたえている。遠くに見える数羽のカモメは、ちぎれた雲が舞っているみたいだ。もの悲しい鳴き声が細く届く。

中学校の前を通り過ぎるときも、祖母は足をゆるめなかった。朝の学活が始まっている時間だ。三年生は五人しかいないから、出欠を取るまでもなく私がいないことはわかる。

「早く来いっ」

祖母がまた振り返る。

海沿いの道を祖母の後ろから歩いていく。体の真ん中に突き刺さった鉄杭が重くてずりずりとしか進めない。

左手に広がる海。水平線は淡く霞《かす》み、ちろちろと現れる波に陽射しが跳ねている。こんなにも果てなく見えるのに、地図で見ると泳いでいけそうな距離に本土があるのが信じられない。自分の眼、それとも地図、どちらが現実なのだろう。

港には小さな漁船が二隻停泊し、漁師たちがたむろして煙草を吸っている。そのなかに磯《いそ》巻《まき》のおじさんがいた。私たちに気づくと、隣の男を肘《ひじ》で突き、わざとらしくささやくそぶりをした。

「おはようございまあす。ご機嫌よう。どうもどうも。おーこわこわ」

口の横に手を当ててからかう大声をあげると、ひとりでげらげら笑い出した。

その笑い声が、突然の轟音《ごうおん》に飲み込まれる。

港を見下ろす高台からの機械音だ。重機とドリルと金属を叩く音が重なっている。青いビニールシートで覆われているのは、島に初めてできるホテルだ。昨年の春から建設工事が始まり、この夏完成するらしい。

雪解けとともに本土から渡ってきた工事関係者は、太く短い首に赤く焼けた顔が乗っている。島の漁師たちに風貌《ふうぼう》は似ているけれど、漁師たちのようにからりと乾いた雰囲気ではない。盛り上がった筋肉の内側に欲望を抱え込み、太い血管を流れる血には機械油が混じっていそうだった。

こんな男たちだったらどうしよう、と彼らを見かけるたび、みぞおちがねじれた。その半面、こんな男たちではないだろう、とも思った。ぎらつく眼をずるそうに動かし、やけっぱちな笑い声をたてる彼らは、祖母が言うところの「因縁《いんねん》が強い」ひとたちに見えた。港の周辺には、新しい小料理屋や定食屋が立て続けにできた。吸い殻や空き缶も眼につくようになった。

祖母は、自分で「見る」「聞く」と決めたものにしか反応しない。磯巻のおじさんも、ホテルの建設現場も、工事関係者に乗っ取られたような光景も、祖母にとっては関係のないものなのだろう。

診療所の待合室には、おそらくこの島から一度も出たことがない年寄りたちがいた。ストーブを囲んで笑っていた彼らは、祖母を認めると息を飲むように言葉を失い、あいまいに会釈をした。

この島に診療所ができたのは、ちょうど一年前のことだ。待合室のストーブは石炭ではなく電気で、三本の棒状になったオレンジ色を眺めていると、島の外にはこんな明るさがあふれているのかもしれないと思えた。

名前を呼ばれた。私よりも先に、祖母が診察室に入っていく。

医者にも看護婦にも、ほんの一週間前、学校の健康診断で会ったばかりだ。銀縁の眼鏡をかけた医者は痩《や》せた年寄りで、健康診断のときはあーとかうーとか唸《うな》るだけでまともな言葉を発しなかった。

促されるまま医者の前に座ると、丸椅子がキコと鳴った。私は、医者の垂れ下がった首の皮を見つめた。

「どうしましたか？」

訊《たず》ねたのは、看護婦だ。

「月のものがまだなんだよ」

祖母が答えると、あら、と化粧っけのない顔をほころばせた。

「熊金一子《くまがねいちこ》さんでしょ、三年生の」

私はうなずいた。

「初潮がまだなのね。ちょっと遅いけど、そんなに心配することないわよ。大丈夫、そのうち来るから」

いや、と苛立《いらだ》った祖母の声。

「十四にもなって月のものが来ないなんておかしいんだよ。先生、注射でどうにかなんないもんかね」

「注射って、おばあさん。一子さんはまだ十四歳ですよ。もう少し様子を見ましょう」

「あんたには言ってないっ」祖母が声を荒らげる。「医者でもないあんたになにがわかるんだっ。あんた、ただの看護婦だろ。あたしは先生に言ってんだよっ」

おばあさん、と看護婦は深いところから声を吐き出した。

「私は医者じゃありませんが、ただの看護婦でもありません。ちゃんとした看護婦です。少なくとも、おばあさんよりはわかってますよ。まわりが神経質に騒ぎ立てるのはよくありません。一子さんは大丈夫ですから、心配しないでください」

医者も看護婦も一日おきに島の外からやって来る。島のひとじゃないから、こんなふうに祖母をまっすぐ見据えることができるのだ。看護婦の堂々とした態度に、へその底に隠してあるものをぶちまけたくなった。

気力でとめているんです。子供が産める体になりたくないんです。知らない男の前で足をひらきたくないんです。受粉したくないんです。

*

受粉がセックス。そう教えてくれたのは百合ちゃんだ。中学生になったばかりのときだった。

私たちは石垣に並んで座っていた。眼の前の海はひかりを失いかけ、沖からの強い風で制服のスカートがまくれ上がった。

受粉、とささやいた百合ちゃんは、秘密を味わうようにもったいをつけて笑った。

「受粉？」

単調に復唱した私に、百合ちゃんは呆《あき》れた。

「いっちゃんは、なんも知らないんだね」

「だってうち、おばあちゃんしかいないし、テレビもラジオも新聞もないから」

「そうだけどさ」

百合ちゃんとは小学校からずっと一緒だ。この島には小学校も中学校も二校ずつしかないから、引っ越しでもしない限り顔ぶれは変わらない。同じ学年の女子は、私と百合ちゃんのふたりきりだ。

どうしてそんな話になったのだったろう。たぶんきっかけは、百合ちゃんがお母さんの女性週刊誌をこっそり読んでいると言ったことだ。エッチなことが書いてあるんだよ、と。

大きな漁船を持っている百合ちゃんの家にはテレビも新聞も雑誌もあり、そのせいか「島の外のこと」や「世の中のこと」や「大人のこと」について詳しかった。

「雄しべと雌しべがあるよね」

そう言って、百合ちゃんは片方の手でグーをつくり、もう片方の手の人差し指を立てた。

怖い予感がして、眼をつぶり耳をふさぎたくなった。知りたくない。それなのに、知らなければいけない、と本能が叫んでいた。

「こっちが雄しべ」

百合ちゃんは人差し指をひくひく動かした。

「こっちが雌しべ」

グーの手が揺れた。

「そしてこう」

人差し指をグーにこじ入れ、これが受粉、といたずらっぽい眼を向けた。少しあいだをおいて、私の耳元に顔を寄せ、温かな息を吹きかけた。

「セックス」

おしっこが溜《た》まるあたりが熱くなった。その熱は、血液に乗ってあっというまに広がり、体の末端が膨《ふく》らんでいく感じがした。

「あたしも知ったときはびっくりしたさ。お父さんとお母さんがそんないやらしいことしてあたしが生まれたなんてさ。汚らしいと思ったよ」

百合ちゃんは慰めるように言ったけれど、日焼けした顔はどこか得意げだった。

そんないやらしいことしてあたしが生まれたなんてさ。頭のなかで、百合ちゃんの声が繰り返す。いやらしい。汚らしい。いやらしい。汚らしい。何度も響く。

私は石垣から飛び降り、大きな岩が転がる海岸へと走り出した。沖からの風を全身で受けながら、幼いころからのことを思い出していた。

最初に浮かんだのは、藤田《ふじた》のおばあちゃんだ。私を見るたび「かわいそうになあ」とつぶやき涙ぐんだ。「いっちゃんもお嫁に行きたいよなあ」と言うときや「かわいい嫁さんになりそうなのになあ」と言うときもあったけれど、「かわいそうになあ」だけは変わらなかった。小学校に上がる前に、藤田のおばあちゃんは死んだ。

それから、ときどき魚を届けに来てくれたおじいちゃん。私を見ると手を合わせて頭《こうべ》を垂れ、歯の抜けた口のなかでふごふごとなにかつぶやいた。首にかけた手拭《てぬぐ》いは汚れ、腐った魚の匂いがした。あのおじいちゃんもぽっくり死に、本土にある墓に埋葬された。

よくお風呂を借りに行く松井川《まついがわ》さんちのおばあちゃんは、私が濡れた髪のまま帰ろうとすると「体冷やしたら赤ちゃん産めなくなるっしょ」「あんた、大事な跡取りなんだから」と引き留めた。

私を嫌っているひとたちもいる。

磯巻のおじさんがそうだ。おじさんはたいてい港にいて、私に気づくと「おまえも拝《おが》み屋になんのか。このいんちき家族が」としゃがれた声で笑った。煙草の灰が落ちると、あちち、と大げさに両手両足をばたつかせ、「これもおまえらの呪いか？」とにやつき、「おー、こわこわ」で締めくくった。ほかのおじさんたちが「やめれや、かわいそうだべや」と割って入ると、「小さいうちからわからせてやったほうがいいんだ」と、そのときだけは真顔になった。

磯巻さんのところは、おばさんもそうだった。おじさんとちがうのは、私にしか聞こえない声を吹き矢のように放つことだった。「このペテン師」「私生児」「バイタ」――。

それも小学校に上がるまでだった。私が大人の会話に混じれるほどの語彙《ごい》を持つと、おじさんもおばさんもはっきりしたことは言わなくなった。ふたりが、魚のおじいちゃんの息子夫婦だと知ったのはさらにあとになってからだ。

記憶のひとつひとつを組み合わせ、百合ちゃんに教わった雄しべと雌しべで完結すれば、私の将来が見えた。

いつか私は、知らない男の前で足をひらく。いつか私は、受粉する。

叫び出したくなった。叫んだら、死ぬまでとまらない気がした。

海岸に下りた私は、観音岩に向かって走った。

「いっちゃん、どこ行くのさ」

背後から百合ちゃんの声が聞こえた。

逃げなくては。その思いしかなかった。

「観音岩に登ってみるね」

岩に両手をついて、私は百合ちゃんを振り返った。

「えー、やめなよ」

「百合ちゃん、見ててね」

「風強いから帰ろうよ」

「お願い。ほんの少しだけ登らせて」

観音岩から飛び降りて、骨折するつもりだった。その当時、まだ島に診療所はなかった。だから、骨折をすればボートかヘリコプターで本土に運んでもらえるはずだった。

「危ないって」

「ねえ、ほんとに見ててね」

立会人が必要だった。私が足を折ったことを知らせてくれるひとがいないと、ボートもヘリコプターもやって来ない。

両腕に力を入れ、地面を蹴《け》った。宙に浮いたはずの私の足は、一瞬で地面に戻った。何度やっても同じだった。小学生のときは、岩の中腹まで登れたのに。

「いっちゃん、なにやってんのーっ？　お尻に鉛でも入ってんのーっ？」

百合ちゃんは笑った。

私は笑えなかった。おまえはもう子供ではないのだ、と突きつけられた気がした。この島に、自分自身に、見知らぬ男に。

その日から、私は島を出る方法を考えはじめた。

いちばん簡単なのはフェリーに乗ることだけれど、お金がなかったし、祖母や大人たちに気づかれるに決まっている。怪我や病気をするしか方法はない。

落葉松《からまつ》から落ちようとして、登れずに何度もずり落ちた。百合ちゃんちの二階から飛び降りることも考えたけれど、百合ちゃんに迷惑をかけるから思い留まった。確実なのは、この島にいくつもある崖から飛び降りることだ。けれど、ぐしゃぐしゃになるか波にさらわれるかして死んでしまう。

盲腸をめざすことにした。すいかの種や梅干しの種はすべて飲み込んだ。食べたあとすぐ走るようにした。効果が表れないまま短い夏が過ぎ、秋を飛ばして初冬になった。

うちの前の、丸太で補強された斜面を転げ落ちることに決めた。弾みをつけて飛び出せば、あとは落ちるのに任せればいい。

右足を踏み込んだ。爪先が地面を離れる寸前、倒れたときの衝撃を体が勝手に想像した。両腕がバランスをとり、左足は前のめりの体を支えようとした。結局、大きな一歩を踏み出しただけだった。

早くしないと祖母に気づかれてしまう。

眼をつぶり一気に地面を蹴った、つもりだった。

体が浮いたと思ったら、すぐ落ちた。一度転がり、滑り、とまった。あっというまだった。眼をあけると、両腕で頭を抱えるようにして地面に横たわっていた。腕を下ろすと、十段くらいしか落ちていないことがわかった。けれど、腕と膝が痛いような気がする。わずかな期待を抱いて体を起こすと、難なく立ち上がってしまった。足を前に出すと歩けてしまった。

「なにやってんだ？」

祖母が無表情に見下ろしていた。いつからいたのだろう。

「ちょっと転んじゃって」

眼を合わせないようにジャージについた土を払った。気づかれただろうか、わざと転んだことに、怪我をしようとしたことに、この島を出ようとしたことに。すべて見透《みす》かされた気がして鼓動が速まった。

もっと慎重にやらなければ。島を出るときまで絶対に気づかれてはいけない。自分にそう言い聞かせた。

骨折は簡単にできないことがわかった。

やはり地道に盲腸をめざそうか。それとも熱くなった石炭で火傷《やけど》をするか。いや、火傷くらいなら水で冷やされて終わりになるかもしれない。そんなことを繰り返し考えているうちに島に診療所ができ、島の外から年寄りの医者と中年の看護婦が一日おきに来るようになってしまった。

*

診療所を出ると、祖母はせかせか歩き出した。私との距離は離れるばかりなのに振り返ろうとしない。受粉できる体にならない私と、受粉できる体にしようとしない診療所に、腹を立てているのだろう。

「あたし、学校行くから」

後ろから声をかけても聞こえないふりをする。

いつからこうなったのだろう。ねえねえおばあちゃん、と無邪気に甘えていたころもあったのに。おばあちゃんと呼んでいたのが、やがてオバサンとオバアサンのあいだの「オバァサン」になり、学校での出来事を報告することもなくなった。

「じゃあね」

中学校の前でもう一度声をかけたとき、祖母の背中は十メートルくらい先にあった。聞こえないとわかっているから、私は続ける。

「オバァサン、さよなら」

無意識のうちにコートのポケットを手で押さえていた。ポケットのなかの封筒には、祖母に内緒で昆布干しを手伝ったお金が入っている。

さっき看護婦に聞かれた。下着に茶色っぽいものがつくことはない？　と。ない、と答えたけれど、茶色になりきっていないうっすらとした汚れをついこのあいだ認めたばかりだ。

もう時間がない。いままで私は考えちがいをしていた。島を出るいちばん簡単な方法は骨折でも盲腸でもなく、やはりフェリーに乗ることだ。フェリー代を手に入れたいま、私にはそれができるのだ。

教室に入ろうとするとドアが開いた。

「あ、熊金さん」

女子を「さん」づけで呼ぶのは澤村くんだけだ。どしたの？　と聞かれ、とっさに眼を伏せた。

「風邪」

「ほんとだ。顔ちょっと赤いな」

「うん、熱」

そう答えたら、ますます目線が下がった。

「あれ、いっちゃん。どしたの？」

百合ちゃんが声をかけてきた。一時間目が終わったところで、先生はいない。

「休みかと思って心配したしょや」

「風邪で熱あってさ」

「えー。大丈夫？」

「もしかしたら早退すっかもしれない」

用意していた科白《せりふ》を口にしたら、百合ちゃんを裏切っている気持ちになった。ほんとうは、ちゃんとさよならを言いたい。でも、百合ちゃんにはおせっかいなところがあるから、「いっちゃんのため」と思って先生に告げ口するかもしれない。

昼休みに入ってすぐ、ひたいに手を当てながら「早退させてください」と言った声は、何度も空咳《からせき》をしたせいでちょうどよく掠れてくれた。

「途中まで送ってっか？」

百合ちゃんが言う。

「ううん、大丈夫」

家と港は反対方向だ。コートのポケットを押さえながら、ほんとに大丈夫だから、と早口で繰り返したら、大切なことを言い忘れている気がして、

「ありがとう、百合ちゃん」

と言いたした。

学校を出て、海沿いの道を港に向かって歩いていく。急ぎ足にならないように意識すると、足の動かし方がわからなくなる。それでも、はやる鼓動が体を連れていってくれた。

平日のフェリーにひとりで乗ろうとすれば、学校はどうした、なにしに行くんだ、と大人たちが声をかけてくるだろう。考えた言い訳は、おばあさんの言いつけでお客さんを迎えに行く、というものだ。通じるかどうかはわからないけれど、やってみるしかない。

港には白いフェリーが停泊していた。デッキと地上をつなぐ色とりどりの紙テープが、風に吹かれて踊っている。もうすぐ汽笛が空気を震わせ、蛍の光が流れる。そのとき私はデッキの上にいる。奮い立つ心を抑えようと大きく息を吐いた。

ポケットから封筒を出しかけたとき、視界に見慣れたえんじ色が飛び込んできた。見送りのひとたちから離れた場所に、祖母がいる。いつものえんじ色のカーディガンを着て、腕を組んでフェリーを見上げている。

見張っている。祖母は、私が島を出ようとしていることに気づいていたのだ。いつからだろう。家の前の斜面を転げ落ちようとしたときからだろうか。それとも、今朝の「さよなら」が聞こえたのだろうか。

足元が崩れるようだった。フェリーは一日二便しかない。朝のフェリーは七時台だ。そんな時間に家を抜け出したらすぐに勘づかれてしまう。昼のフェリーはこうやって祖母が見張っている。じゃあ、どうやって島を出ればいいのだろう。

私は、骨でしか知らない母を思った。

母はどうやってこの島を出たのだろう、とずっと考えていた。いまわかった。直前まで決意を胸深くに隠し、なにげなく家を出て、この昼のフェリーに飛び乗ったにちがいない。だから祖母は、私に同じことをさせないために見張っているのだ。

母の骨が届いたのは、小学四年の夏休みだった。

＊

学校が休みのあいだ、私は祖母の手伝いで千粒《せんつぶ》団子をつくった。千粒団子は時間がかかる。朝の六時から始めても、できあがるのは昼過ぎだった。それでも供養に効くから毎日やるものなのだ。

いちばん大変なのは、数をきっちり合わせることだ。たりなくても多くてもいけない。だから、いきなり団子に丸めるのではなく、耳たぶのやわらかさにこねた生地を十のかたまりに分け、それをさらに十等分にしたものを棒状に伸ばし、包丁で十個に切り分ける。小さく丸めた団子は十粒ずつの積み団子にして、最後に蒸し上げる。何度やっても、数が合わないことがあったし、途中で何粒つくったのか忘れることもあった。

郵便屋さんが来たとき、私はちゃぶ台で団子を丸めていた。開けた窓から湿った風が吹き込み、ジーと焦げるような蟬《せみ》の鳴き声が鼓膜を覆った。蟬の声がやむと、静けさのなかから葉のこすれる音と波のささやきが浮き上がってきた。五百粒を超えたところだった。ここから集中しないと、一から数え直すはめになる。

「熊金さーん。荷物だよー。ここに置いとっからねー。判子《はんこ》押してくよー」

郵便屋さんは玄関で叫んだ。

私は少し顔を上げただけで、数を口にしながら団子を丸めつづけた。大きな銅鍋が千粒の団子でいっぱいになってから立ち上がり、玄関に行った。

小さな箱が置いてあった。宛先にはこの島と祖母の名前があり、差出人は空欄だった。裏山から戻ってきた祖母がその箱を解いた。丸いクッキー缶がひとつ入っていた。蓋《ふた》にはクッキーの写真と金色の英語の文字があり、外国のお菓子だと思い込んだ私の口元はゆるんだ。

ちっ。蓋を開けた祖母が舌打ちした。

「戻ってきやがった」

祖母の手元をのぞき込むと、粗く砕かれた骨があった。いちばん上の骨は矢印に似ていた。

母だ、と直感した。

母親は死に、父親は初めからいないと聞かされてきた。幼い私は、祖母の言葉を信じた。けれど、ちがう。母はつい最近まで生きていた。母は私を産んですぐ死んだのではなく、すぐ島を出ていったのだ。

考えてみれば、あれほど供養ばかりしている祖母が、自分の娘の供養をしないのはおかしかった。母のことを訊ねるたび不機嫌になるのも、バチが当たって死んだと吐き捨てるのも。

母は私を置いていった。赤ん坊だった私を捨てたのだ。

「どうして？」

と訊《き》いていた。

「なにがだ」

祖母は乱暴な手つきでクッキー缶に蓋をした。

「どうしてお母さんはあたしを置いて島を出てったの？」

なに言ってんだ、と祖母は苛立った。

「あいつは、おまえを産んですぐ死んだんだよ。島を出てったんじゃないよ」

「だって」

「いいかげんにしなっ」

そう怒鳴り、クッキー缶の蓋をこぶしで打った。

母の骨は、それからしばらくのあいだクッキー缶に入ったままだった。蓋が開かないようにガムテープでぐるぐる巻きにされた。たんすの横に放置されたあと、たんすの上に置かれ、ときにちゃぶ台の下にあったり玄関のすみにあったりした。祖母はわざと骨を粗末に扱っているようだった。

気がついたとき、クッキー缶はなくなっていた。

祖母に訊ねると、流した、とぶっきらぼうに答えた。

母の骨は、カモメやカラス、魚たちに食べられたのだろう。それは母に対する罰というわけではなく、熊金家のしきたりだった。

裏山に行くと、こんもり盛った土に立てた卒塔婆《そとば》が三本から四本に増えていた。真新しい一本には、母の名前が書いてあった。墓に見えるけれど、地中に骨は埋まっていない。祖母が言うには、目眩《めくら》ましだそうだ。

*

部屋の窓から、外の暗がりを眺めている。

月の光と部屋の明かりで、木々がぼんやり浮かんでいる。ときおりカサリとするのはキツネかネズミかフクロウだろう。湿った土の匂いがする。

母が昼のフェリーで島を出たことはわかった。だから、祖母が警戒して見張るようになったことも。けれど、母は最後の最後でしくじった。私なら、死んでもこの島には戻ってこない。

血、と唐突に思った。

私は、知らず知らずのうちに母と同じことをしようとした。島を出る決意を隠し、昼のフェリーに乗ろうとした。骨でしか知らない母のことをいままでそばに感じたことはなかったのに、私のなかに母の欠片《かけら》が残っているような気がした。

母も、いまの私のようにこの窓から外の暗がりを眺めていたことがあったのだろうか。夜の海を泳ぐ自分を想像したことがあったのだろうか。カモメになって飛んでいきたいと願ったことがあったのだろうか。

母の骨が届いたときは、どうして私を置いていったのかわからなかった。恨みごとを言いたい気持ちになった。捨てられた自分をかわいそうに感じた。けれど、いまならわかる。かわいそうなのは、母のほうだ。母は足をひらいてしまった。受粉してしまった。産んでしまった。間に合わなかったのだ。

おまえはバチが当たる生き方をしてはいけない、と祖母はよく言う。それは、ご先祖様を粗末にしたり、やるべきことをサボったり、妬《ねた》みや恨みの心を抱くことだと教えられてきたけれど、そんなのは建て前だ。祖母の言うバチが当たる生き方とは、母のようにこの島を出ていくことなのだ。

母はどんなひとだったのだろう。

「母はどんなひとだったの？」

初めて訊いた。祖母以外の前で、母について口にしたことは一度もなかった。

えっ、と松井川のおばあちゃんは不意の問いかけに驚いた。二、三秒体を固まらせたのち、持っていたお盆を落としそうになった。

お風呂を借りたところだ。うちにもお風呂はあるけれど、使うことはほとんどなく洗濯場になっている。男手のない家はなるべく火を焚《た》かないのがこの島のゆるやかな決まりごとだ。

おばあちゃんが淹《い》れてくれた熱いほうじ茶をひと口飲み、

「只子《ただこ》っていう名前だったんでしょ？」

と、私は続けた。

おばあちゃんは台所に行ったきりだ。畳に寝そべったおじいちゃんに顔を向けると、慌てて眼を閉じ、しわだらけのまぶたを痙攣《けいれん》させて寝息をたてはじめた。

なあに言ってんのさ、と戻ってきたおばあちゃんは笑顔を張りつけていた。

「一子ちゃんにはおばあちゃんがいるでないの。おばあちゃんがお母さんみたいなもんでないの」

「会ったことあんでしょ？」

「ないないないない」

おばあちゃんは顔の前で手を振り、なあに言っててんのさ、ともう一度言うと、

「そったらこと言ったらおばあちゃんに怒られっぞ」

と、叱る顔をつくった。

いきなり電気が消えた。

「またか」

眠っているはずのおじいちゃんがはっきりした声で言い、畳から体を起こした。

まだ陽は落ち切っていない。窓には黄昏《たそがれ》の色が映っている。

「真っ暗になんないうちに帰んな」

おばあちゃんの声には、ほっと息つく音が混じっていた。

「まだ髪、濡れてるよ」

「いいから。ほらほら。危ないから」

いつもなら髪を乾かしてから帰れと言うのに、おばあちゃんは急《せ》かした。

ろうそくを立てたコップを持たされ、私は濡れた髪のまま松井川さんの家を出た。

島じゅうの電気が消えている。海の遠くで、漁船の小さな明かりが一列になって瞬《また》いてい

る。

停電はよくあることだ。一度消えると、三十分から数時間は復旧しない。

私は、島の反対側にある水力発電所を思い出した。小高い山の中腹に建つクリーム色の建物で、山の上から太い鉄管が走っている。貯水池から汲《く》み上げた水を勢いよく流すことで電気をつくっているらしい。

流された水は、また汲み上げられるのだろうか。下から上へ、上から下へと循環しつづけ、そうやって永遠にこの島に取り込まれるのだろうか。海に流れ出て、自由に波立つことはできないのだろうか。そんなことを考えながら海沿いの道を歩いた。

道は島を一周しているわけではなく、アルファベットのUの字形になっている。私の家は北側の突き当たりの手前、山を入ったところにある。家へと続く坂は、途中から丸太で補強され階段らしくなっている。魚のおじいちゃんがやってくれた。おじいちゃんは徳をたくさん積んだから、いまは上の世界で位の高いひとになっているそうだ。

大雪や大荒れの日以外は毎日、祖母は因縁を封じ込めた千粒団子を大きなリュックサックに入れ、坂を下りていく。海に流された団子の一部は、残骸になって海岸に戻ってくる。

紅茶の皿に薔薇《ばら》のお菓子がふたつある。ピンクと白。白いほうをつまみ上げ、舌にそっと乗せた。

「それ砂糖だよ。紅茶に入れんだよ」

百合ちゃんが笑う。

白い薔薇は舌の上で、焦らすように甘ったるくほどけていった。

百合ちゃんの部屋には薄いピンク色の絨毯《じゅうたん》が敷いてあり、赤いクッションの上にお尻を下ろすことになっている。花柄のカバーがかかったベッドとガラスのテーブル、壁にはアメリカの有名な女優さんのポスターが貼ってある。何度か名前を教えられたけれど、覚えられない。前髪が短く、眉と眼のあいだが狭いその女のひとは、女優になりたい百合ちゃんの憧《あこが》れだそうだ。百合ちゃんの部屋は、見たことがない島の外の暮らしのようだ。

「あーあ。そろそろ受験勉強しないとな」

百合ちゃんが言った。

「えっ、なんで?」

「だって島のレベル低いしょ。相当がんばんないとだめだってさ」

「そうじゃなくて。百合ちゃん、高校行くの?　どうやって?　通うの?　島を出んの?」

この島に高校はない。いちばん近い高校でもフェリーに二時間乗る必要がある。

「東京の高校行くんだ。親戚のおじさんちで暮らすの。三つ上のいとこのおねえちゃんがいるし。ほら、春休みに東京行ってきたって言ったしょ。そのときもおじさんのとこ泊まったんだ。地下鉄に乗ったり東京タワーに上ったりデパートに行ったりしたよ。高い建物がいっぱいあって、ひともいっぱいいんだよ。ここことは全然ちがうよ。ほんとは宝塚に入りたかったけど、試験がものすごく難しいし、あっちには親戚がいないからだめだって。でも、東京のほうが楽しそうだから、まあいいよ」

「宝塚ってなに？」

私が訊くと、百合ちゃんはまばたきを繰り返した。

「いっちゃんって、ほんとになんも知らないんだね」

「だって」

「うん、わかってる」

百合ちゃんは数秒おいて、

「いっちゃんはどうすんの？」

と、遠慮がちに訊いてきた。眉毛を少し下げてのぞき込むような表情に、ああ、百合ちゃんは知っているのだな、と思った。私が「かわいそうな子」だということを。

「百合ちゃん」

私のささやきは秘密めいた響きになった。百合ちゃんがテーブル越しに顔を寄せてくる。

「あたしもこの島出る」

心のなかでは何百回と言ったことなのに、初めて声にした瞬間、世界が変わるのを感じた。世界はこの島を貫き、どんどん伸びていく。ここも、いまも、ちっぽけな点にしかならない。この島は世界の真ん中じゃない。世界は果てなく続いている。海よりもずっとずっと広く、終わりがないのだ。

時計の針が秒を力強く刻みはじめた。自分の鼓動と重なった。時間が進みつづけるように、すべては変化の途中なのだ。決まったことなんてない。決められたこともない。

「絶対に秘密だよ。あたし、この島を出る。おばあちゃんは隠してっけど、お母さんもあたしを産んですぐ出てったんだよ」

「じゃあ、いっちゃんも高校行くの？」

「それは無理だと思う。おばあちゃんが絶対に許さないよ」

「どうすんの？」

「逃げんだよ。おばあちゃんに気づかれないように」

「どうやって？」

わかんない、と私はささくれのある指を噛《か》んだ。

「フェリーは無理だと思う。おばあちゃんが見張ってっから」

「でも、フェリー以外に方法はないよ」

「百合ちゃんちの漁船に乗せてもらえないかな」

「漁船は海にしか行かないよ。でも、お父さんに訊いてみっか？」

「あ、待って。だめ。言わないで。誰にも言わないで」

「やっぱり高校に行きたいってお願いすんのがいいんじゃないかな」

私は唾を飲み込み、「百合ちゃん」と改まった。秘密の響きが深まった。

「あたしんちのこと、少しは知ってるしょ？」

「神社みたいなもんでしょ？　ほんとの神社じゃないけど、昔からあんだよね？」

百合ちゃんは言葉を選びながら答えた。

「おばあちゃんは、供養すんのがあたしの務めだって言うんだよ。いまは時代がちがうから学校に通わせてやってるって。仕方なくって言い方なんだ。でも、あたしはおばあちゃんの跡を継ぐなんて嫌なんだよ。あたしのお母さんは、たぶん学校に行かせてもらえなかったと思う。家から出してもらえなかったと思う。おばあちゃんは、バチが当たる生き方をしちゃいけないってよく言うんだ。バチが当たる生き方っていうのは、この島を出ていくことだよ。あたしが小学四年生のときね、お母さんの骨が送られてきたんだ。ううん、どこからかはわかんない。あたしを産んですぐ死んだって聞かされてたのにそうじゃなかった。お母さんはあたしを産んですぐここを出てったんだよ、昼のフェリーに乗ってさ。あたし、お母さんの気持ちわかるよ」

言いたいことはまだまだあった。それなのに空気がたりなくて声が出なかった。息を吸おうとしたら喉《のど》が詰まった。

「いっちゃん、大丈夫？　紅茶飲みなよ」

震える手で紅茶茶碗をつかんだ。ひと口飲み込んだら、喉のつかえが取れた。大丈夫？と繰り返す百合ちゃんに、大丈夫、と答える。

空気がたりなくなってよかった。もう少しで、あの忌まわしいことまで口走ってしまうところだった。きっと百合ちゃんは、汚らしい、と吐き捨てるだろう。

「でもあたし、絶対にこの島出るよ。できる気がする」

紅茶を飲み干して、私は言った。これだけは声にして伝えておきたかった。自分にも、百合ちゃんにも。だって、と心のなかで続ける。世界は果てないもの。世界の上を歩いていけば、ずっと遠くまで行けるはずだもの。

「いっちゃんはいつ島を出るつもり？」

「卒業したらすぐ」

そう答えたけれど、ほんとうはどんなに遅くても冬休みまでには出ていきたかった。

雪が降るとフェリーが何日も来なくなることがあるし、冬ごもりに入る漁船も多い。それに、卒業式まで十ヵ月もある。それまでにきっと生理が来てしまう。

＊

あれはまだ母の骨が届く前のことだ。

小学校の宿題で、自分の名前の由来を調べることになった。

「熊金の家は、昔から子供は女の子ひとりと決まってんだよ。ひとりの女の子、だからおまえは一子だ」

祖母はそう答えた。

そこに美しいものや秘めたもの、希望のようなものがないことに、心がしんとなった。

「じゃあ、死んだお母さんもひとりっ子だったの？」

私は半分やけになっていた。好奇心もあったけれど、それよりも祖母を不機嫌にさせたかった。

そうだ、と祖母は平然と答えた。

祖母はちゃぶ台の前に正座をして、切れた数珠を直しているところだった。赤く塗られたくちびるをまっすぐ引き、自分の両手に眼を落としていた。白い作務衣の袖口には、口紅の跡がしみになっていた。

「お母さんの名前は只子だよね？」

幼いころから、祖母は私を「ただこ」とまちがえて呼ぶことがあった。

「お母さんはどうして只子なの？」

「ただひとりの子だからだ」

「じゃあおばあちゃんは、なんでタエなの？」

「なんでだろうなあ」

「わかんないの？」

祖母はくちびるのはしに笑みらしきものを刻み、わかんないなあ、と答えた。

「耐え忍ぶのタエかなあ」

しばらくして言った。顔を上げて、真っ赤なくちびるを半びらきにしていた。家へ帰る道のりを思い出そうとする子供のようだった。

「昔はこんな立派な家じゃなかったからなあ。風が吹くと戸がガタガタ鳴って、そのたびに熊が来たかと心臓がとまりそうになったよ。雪が降れば何日も外に出られんかったし、家のなかにいても氷のなかにいるみたいに寒かったし、何度もこのまま死ぬんだろうと思ったなあ。いや、このまま死んだほうがいいと思ったなあ。だから、耐え忍ぶのタエかもしれんなあ」

熊金家はこの島に最初に足を踏み入れた家だと聞いている。ご先祖様である若い女がたったひとりでやって来て、神様の声に導かれてお地蔵さんを彫り、団子をつくり、幣束《へいそく》を切り、塩をまき、お経を唱えたそうだ。

幼いころは、漁師のうちの子が漁師になるように、私もいずれ祖母の仕事を継ぐのだろうとあたりまえに思っていた。朝早く起きてお経を唱え、千粒団子をつくり、裏山にある三十三体のお地蔵さんをお参りし、前日つくった団子を海に流す。たまに来客の相手をしたり、お札や人形を燃やしたり、一升の米を炊いたりする。それが熊金家の仕事だ。

「あたしの名前は、百合です。百合の花のように薫り高い女のひとになるようにつけられました」

次の日、百合ちゃんが発表すると、「くせえくせえ、百合くせえ」と男子が手を叩いてはやし立てた。

「あんたたち、百合の花見たことあんの？」

百合ちゃんが睨《にら》みつけたとたん黙り込んだ。

私の「ひとりの子供だから一子」という由来は、ほかの子たちと決定的にちがう気がした。百合ちゃんは、薫り高いひとになれる。澤村くんは、純粋に生きられる。上級生の好美《よしみ》ちゃんは、誰にも好かれる美しいひとになれる。みんなの由来には、そういうひとになるためにどうするかを自分で考えられる自由があった。百合ちゃんの名前は百合ちゃんのものだし、澤村くんの純也《じゅんや》という名前も澤村くんのものだった。けれど、一子は自分のものじゃない気がした。背中に貼りつけられた番号のようだった。

「あたしの名前は一子です。一等賞になるようにつけられました」

用意していた嘘に先生は、なにをして一等賞になるのかなあ、と訊ねてきた。

「自分の好きなことです」

言葉に詰まった私は嘘を重ねた。

全員が答え終わると、今度は将来の夢を発表することになった。

いきなりのことにうろたえた。それなのにみんなは、まるで答えが常に自分のなかにあって、ただそれを引っぱり出すかのように迷いなく言葉にした。

二学年一緒の授業で、十人くらいがいた。ほとんどの男子が漁師になると答えるなか、澤村くんはパイロットか学校の先生が候補だと言った。女子はまちまちだった。お嫁さん、旅館の女将、看護婦さん。百合ちゃんは、女優がだめだったらお嫁さんになると言った。

祖母の跡を継いで供養するひとになる。

それは言ってはいけないことだった。磯巻のおじさんやおばさんに言われた言葉が頭のなかを駆け巡っていた。

それに、私は供養するひとになりたいのだろうか？　なりたいという気持ちはない。じゃあ、なにになりたいのだろう。お嫁さんになれないことは、藤田のおばあちゃんから教わった。お嫁さんになれないからかわいそうなのだ、と。なにになれば、私はかわいそうと言われずに済むのだろう。

「まだ決まっていません」

私は答えた。それだけじゃたりない気がして、

「いま考えてるところです」

と、つけ加えた。

*

いまでも自分がなにになりたいのかわからない。ただひとつ決めたのは、供養するひとには絶対にならないということだ。そのためにも早く島を出なければ。

石垣に腰かけて、青いビニールシートに覆われたホテルを見上げている。さっきから作業員が忙しそうに出入りしている。ホテルができたら、なにか変わるだろうか。たとえば、フェリーの便数が増えるとか、新しい乗り物ができるとか。島の外に行きさえすれば、自分のなりたいものがわかる気がした。

視界に見慣れた制服が映り、視線を動かすと眼が合った。澤村くんだ。私は慌てて立ち上がり、スカートの後ろを払うふりをした。いま、口をひらいていなかっただろうか。鼻の穴は大きくなっていなかっただろうか。無防備な表情を見られた恥ずかしさでいっぱいになった。

「なにやってんの？　熊金さんち、こっちじゃないだろ」

「澤村くんのうちもこっちじゃないしょ」

並ぶと、見上げる格好になった。学校では気にならないのに、思いがけない身長の差が新たな恥ずかしさを連れてきた。そういえば、去年の夏、昆布干しで一緒になったときは私とそう変わらなかったはずだ。

「じいちゃんの薬もらいに診療所行ってきたんだ」

「おじいちゃん、どっか悪いの？」

「血圧高くてさ」

私たちは海沿いの道を歩き出した。学校の誰かに見られたらひやかされるかもしれない。

「今年も昆布干しの手伝いする?」

「しない。受験勉強すっから」

澤村くんはさらりと答えた。

「澤村くん、高校行くの?」

「うん。札幌《さっぽろ》の」

また、さらりと答える。まるで高校に行くのが当然というふうだった。

澤村くんと別れ、学校を休んだ百合ちゃんのうちにプリントを届けに寄った。百合ちゃんは風邪ではなく生理痛で、もう平気、とパジャマのまま玄関に出てきた。

「百合ちゃん知ってる? 澤村くんも高校行くんだって」

私は勢い込んで言った。

「うん、知ってるよ。札幌だっけ。そういえば今野《こんの》くんも高校行くって言ってたよ」

五人いる三年生のうち三人が高校に行く。半数以上が進学する時代になったのだ。

わずかな可能性にすがりたくなった。だって、百合ちゃんも言っていたじゃないか。高校に行きたいってお願いすんのがいいんじゃないかな、と。私はまだそれをやっていない。いまは時代がちがうから、と祖母は言ってくれるかもしれない。高校にも行かせてやるよ、と渋々承知するかもしれない。

祖母は祭壇のある部屋にいた。襖《ふすま》が閉まっていても、線香の匂いと低い読経《どきよう》が漏れている。私は自分の部屋で、祖母のお務めが終わるのを待った。勢いが弱まらないように「高校、高校」と繰り返した。

読経がやみ、少しすると襖が開いて閉じた。祖母が台所の水を出し、やかんを火にかける。お茶を淹れてちゃぶ台につく。一連の音を確かめてから、私は部屋の襖を開けた。

「オバァサン」

と声を出したら、こんなふうに呼びかけるのは久しぶりだと気づいた。

「あのね、百合ちゃんと澤村くん高校行くんだって。あと今野くんも。百合ちゃんは東京の高校で、澤村くんは札幌の高校だって」

早口になり過ぎてひと呼吸おいた。私も高校行きたい、と続けるつもりだった。

「澤村？」

祖母は顔を上げた。眉間《みけん》にしわが寄っている。

「あいつはだめだ。澤村んとこは因縁が強いから近づくんじゃないよ」

「え。でも、澤村くんいいひとだよ。頭いいし、やさしいし」

祖母は軽く眼を閉じ、うんざりと首を振った。

「そういうんじゃないんだよ。わかるだろ？　澤村んとこは首くったのがいんだよ」

「え、誰？」

「昔だよ。おまえは知らなくていいよ。いいかい、誰にも言っちゃいけないよ。こういうことは、口にするだけで因縁をしょうことがあっからな」

祖母が言うことは、確かめられないことが多い。魚のおじいちゃんはほんとうに上の世界にいるのか、澤村くんちの誰かはほんとうに首を吊ったのか、お母さんはほんとうにバチが当たったのか、千粒団子はほんとうに供養に効くのか。

高校という言葉はもぎ取られ、もう私の手にはなかった。それでも、気道をふさいでいた石が落ちたようにほっとしていた。私が足をひらく相手は、澤村くんではない。澤村くんのお父さんでもない。血に因縁が混じっているひとはあり得ないのだから。

私は、子供を産まなければならない。それは、女の子でなければならない。ひとりだけでなければならない。それが、熊金家の女たちの役目なのだ。神様が決めた男の前で足をひらき、受粉する。その日は、すぐそこまで来ている。

ホテルは八月に開業するらしい。

私は島を出ていく日をホテルの開業日に定めた。一週間前後の誤差はありだけれど、とにかく夏。ひとの出入りが多い時期を狙ったほうがいい。

たまにつく下着の汚れが少しずつ濃くなっている。茶色になりきると、祖母の口紅のような真っ赤な印が流れるのだろう。


朝からの雨は、昼を過ぎて激しくなった。

放課後、ホテルを見に行くと思ったとおり作業員の姿はなかった。

空はくろぐろとした厚い雲で覆われている。地上は半透明に煙《けむ》り、ビニールシートの青も灰色に飲み込まれている。傘を叩く雨粒の音が小太鼓のように響く。

最近、雨が多い。雨で工事が中断するたび、島を出る日が遠のくようで焦る気持ちになる。なかに入ってみよう、と思いついた。どのくらい工事が進んでいるのか確かめたい。

アスファルトが敷かれた駐車場を通り抜け、ビニールシートの隙間から体を滑り込ませた。建物はすでに完成している。

内部はまだ工事中で、床に敷かれたシートはペンキや泥で汚れていた。入ってすぐのところはがらんと広く、二階へと続く幅の広い階段がある。手すりをつかみながら階段を上がっていった。ビニールシートを叩く雨音がこもって聞こえ、洞窟《どうくつ》に潜んでいる気分になった。

二階の廊下を歩いていくと、床を叩くような小さな音がした。洞窟のさらに奥から聞こえたようだった。

廊下の両側に部屋がある。ドアはまだついていない。ひとつひとつのぞき込みながら進んでいく。壁も床もコンクリートが剝《む》き出しだ。夏までに完成するのだろうかと不安になる。

また音がした。今度は衣ずれに似た音。キツネかネズミが入り込んだのだろうか。

いちばん奥の部屋をのぞいたとき、ひゃっ、と喉が鳴った。部屋のすみに、背中を向けて座っている影がある。影はびくりと跳ねたあと、ゆっくりとこっちを向いた。

「あ」

同時に声が出た。

澤村くんだった。床に置いた懐中電灯から橙《だいだい》色のひかりが伸びている。

「なにしてんの？」

「そっちこそ」

「探検」

と答えたら子供っぽかったことに気づき、ってわけでもないけど、とつけたした。

「秘密基地」

澤村くんはそう言って、ってわけじゃないけど、と声に笑いをまぶした。

「雨の日、ここ誰もいなくなんだ。だからひとりになりたいとき、ときどきこうやって忍び込んでんだよ。うち、小さい弟がいっからさ」

懐中電灯の橙色が、教科書とノートをかすめている。

「勉強してたの？」

「勉強ってほどじゃないって」

私は、澤村くんの横にしゃがみ込んだ。数学の教科書だった。

「札幌の高校に行くんだもんね」

「うん、そのつもりだけど」

「パイロットか学校の先生になんの？」

「え。なんだっけ、それ」

「小学生のとき、澤村くんが言ったんだよ」

「よく覚えてんなあ」

どうして覚えていないのだろう。たぶんみんなにとっての将来は、何度でも替えがきくものなのだ。無数のなかから選べ、いくらでも取り出せるものなのだ。だから簡単に忘れてしまえるのだろう。

「いまは医者になりたいんだ」澤村くんは言った。「不治の病っていろいろあんだろ。そういうのを治す研究がしたいんだ」

澤村くんは、澄んだ水みたいにさらさらした印象だ。こんなひとの血が因縁で汚れているなんて信じられない。因縁が強かったらどうなるのだろう。パイロットや学校の先生や医者になれないのだろうか。夢が叶わないのだろうか。幸せになれないのだろうか。

じゃあ私は？　血に因縁が混じっていないから、なりたいものになれ、夢を叶えられ、幸せになれるのだろうか。

全然ちがう。この島を出たい、ただそれだけのことさえままならないじゃないか。

「熊金さんはどうすんの？」

あたしは、と言ったところで声がちぎれた。澤村くんは眼をそらさず、続きを促すようにくちびるのはしをわずかに上げた。

「あたしはどうもできないよ。高校行きたいけど、おばあちゃんが許してくれるわけない。あたしんちのこと知ってってっしょ？」

まだまだ言葉があふれ出そうだった。私は澤村くんのコートの袖口をつかんだ。セックス、とつぶやいていた。

「あたしは誰かとセックスして女の子をひとり産まなきゃなんないの。真っ赤な口紅塗って、供養の仕事しなきゃなんないの。それがあたしの将来。初めから決められてんだよ」

言葉を失っている澤村くんに、大丈夫だよ、と笑いかけた。笑顔をつくらないと、泣き叫んでしまいそうだった。

「澤村くんが相手になることは絶対ないから。それに澤村くん、札幌行っちゃうしね」

彼の袖口をつかんだままなのに気づいて手を離した。その手を澤村くんがつかむ。

「熊金さんも札幌行かないか？」

空気が熱くなった、と感じたら澤村くんの息が迫ってきた。私から近づいたのかもしれない。

くちびるの先がふれた。歯がぶつかった。ふたりとも震えているから、くちびるを合わせたままでいられない。澤村くんの口のなかは熱く湿《な》っていて、荒々しい生き物が潜んでいる気配がした。膨らんだ舌が、私のくちびるを舐め上げ、なかに入ってくる。

コートのボタンがぎこちなく外される。セーラー服の裾から冷たい手が入ってくる。私はまだブラジャーをしていなく、それが恥ずかしくて身をよじった。彼の指先が乳首をかすめた瞬間、おしっこが出るところが痺《しび》れて熱い液体がほとばしりそうになった。だめ、生理になっちゃう。

「どうしよう」

澤村くんが泣き出しそうに言う。けれど、手はとまらない。どうしよう、どうしよう、とつぶやきながら、私の乳房をせわしなく撫でまわす。繰り返すつぶやきが、しだいに荒い呼

吸に吸収されていくそのさなか、

「熊金さんっ」

堪《こら》えきれないように、私の名前を叫んだ。

澤村くんは、祖母や神様が決めた相手じゃない。私が彼を選び、彼が私を選んだのだ。

私は、彼の首に両手をまわし、「澤村くん」と耳に声を吹き込んだ。澤村くん澤村くん澤村くん、と何度も呼んだ。

押し倒され、スカートをまくり上げられた。下着を脱がされるとき、私は両手で自分の顔を覆っていた。一枚の小さな布を剝《は》がされただけで、自分の知らない本性を無防備にさらけ出し、容赦なく暴《あば》かれる心地がした。

澤村くんの指が、足のあいだをまさぐる。いままで隠してきたものを、私の奥から引きずり出そうとする。あ、といやらしい声が自分から出た。一度出るととまらなかった。いやらしい声が出るたび、澤村くんの呼吸がいっそう苦しげになる。もっともっと、と私の体が叫んでいる。足が自然とひらいていく。

澤村くんはコートを着たまま、制服のズボンと下着を脱いだ。私は顔を持ち上げて「おちんちん」と呼ばれるものを見ようとした。コートに隠れている。手を伸ばすと、だめっ、と拒絶された。

私はさらに足をひらく。

「澤村くん」

呼ぶと、

「熊金さん」

頼りない声が返ってくる。

足のあいだに、硬いものが当たっている。行き場を探してせつなそうに動きまわっている。こっちが雄しべ、こっちが雌しべ。

百合ちゃんの声が鼓膜の奥で反響した。人差し指をひくひく動かし、グーにこじ入れて、受粉。セックス。

体中の血が逆流している。ちがう、新しい血がいままでの血を押し流そうとしているのだ。そう思いつくと、心臓も、胃も、性器も、すべて新しいものと入れ替わった感じがした。

祖母に見せてやりたい。因縁が強いひとと交わっている私を。自分で選んだひとと交わっている私を。私はいま新しい体になって、祖母の手の届かないところにいる。

家に帰ると、祖母は祭壇のある部屋でいつもどおりお経を唱えていた。

私はコートと制服を脱ぎ、ジャージに着替えた。足のつけ根の奥に、澤村くんの性器の形の穴がある。乳房には湿った手のひらが、乳首には濡れた舌が、耳のなかには熱い息が、生々しく残っている。

ぬるり、と温かなものが足のあいだから流れた。トイレで下着を下ろすと、祖母の口紅に似た赤が眼に飛び込んだ。ふ、と笑みがのぼる。

間に合ったのだ。生理になる前に、澤村くんと交わった。私の体は因縁をたっぷり吸い込み、もう祖母の跡を継ぐことはできない。

「なったよ」

居間に入ってきた祖母に告げた。

それだけですぐにわかったらしく、そうか、と答えた。そっけなさを装ってはいるものの、安堵《あんど》したのが感じられた。私は祖母を見つめつづける。

「なんだ?」

視線に気づいた祖母が見つめ返してくる。

「ううん、別に」

「腹、痛いのか?」

「大丈夫」

そうか、と祖母は台所に向かった。

私は笑い出したくなった。因縁が強いひとと交わったのに、祖母は気がつかない。

雨で工事が中止になるたび、ホテルの二階で澤村くんと交わった。

ホテルの内部は、ドアがつき、壁紙が貼られ、照明器具がぶら下がり、完成へと近づいていった。

「今日は熊金さんから先に帰んなよ」

床に敷いた遠足用のシートをたたみながら、澤村くんが言う。

「いいよ、澤村くんから帰って。受験勉強すんでしょ?」

私は制服の汚れを確認し、スカートのひだを整えた。

部屋には私たちの匂いがこもっている。精液と汗と体臭が混じり合った、秘密の匂い。

「やっぱり山のなかがいいと思うんだ」

澤村くんは改まって私を見た。

おそらくあと数日でホテルを覆うビニールシートは外され、ここでは会えなくなる。澤村くんが挙げた候補は、山のなか、学校の用具室、ボートのなか、だった。

「展望台の近くに、使ってない石炭小屋があんだろ。あそこにしよう」

これからも雨の日に会うことを約束した。

青いビニールシートが外されてから雨にならない。

「今日、石炭小屋」

教室ですれちがいざま澤村くんは告げた。雨など降りそうもない快晴の午後なのに。

「え、石炭小屋ってなんだよ?」今野くんに聞かれた。「おまえら、石炭小屋でデートでもすんのかよ」

今野くんは大げさにはやし立て、一瞬のうちに澤村と熊金はつきあってるということになった。

「いっちゃん、ほんと?」

百合ちゃんが眼と口を丸くして訊いてきた。

「ちがうよ」

「ほんとに?」

「ほんとにちがうよ」

否定する声は、澤村くんにも聞こえたはずだ。授業が終わったあとさりげなく近づいてきて、「中止」と怒った声でつぶやいた。

学校の帰り、私はホテルを見に行った。

ビニールシートが外されたホテルは、石垣に座って眺める限り完成している。工事の男たちもいつのまにかいなくなった。

あれほど完成を待ち望んでいたのに喜びも興奮もなく、置き去りにされる心地がした。私はまだ島を出ていく方法を見つけていない。

「なにしてんの？」

声をかけてきたのは、作業服を着た若い男だった。ほかの作業員とちがい、色が白く細長い体つきで、力仕事などできそうに見えない。石垣に腰かける私の前に立ち、親しげな視線を投げてくる。

「ホテルを、見てるだけです」

そう答えたら、なぜだかいけないことをしている気持ちになった。

「なにをさ。見るもんなんかないだろ」

男はホテルを振り返って笑った。

「ああ、そうか。初めてのホテルだもんな。珍しいか？」

なかに入れてやるよ、と言う男についていった。

男は自動ドアを手で開けた。がらんと広かった場所には数組のソファとテーブルが置かれ、背広を着たふたりの男が図面のようなものをのぞき込んでいた。

「ここがロビーで、そこがフロント」

フロントってわかるか？　と訊かれて首を横に振る。

「受付だよ。それで、こっちがレストラン。大浴場も見るか？」

男は足早に一階を案内すると、毛の短い絨毯が敷かれた階段を上がった。廊下の両側に並ぶドアは開け放たれ、洋室と和室があるのが見えた。

澤村くんと交わった左奥は洋室だった。ベッドとソファにはビニールがかけてあり、接着剤に似た匂いがした。

「ホテルはいつ始まるんですか？」

「オープンか？　十日後だよ」

十日後、と私は胸の内で復唱した。

窓の向こうに広がるあの薄灰色の海を渡らなければならない。ほんとうに出ていけるのだろうか。どうやって島の外に行けばいいのだろう。

海を眺めていたら、背後から抱きつかれた。あっというまにセーラー服のなかに手が入ってきた。

「あんた、かわいいな」

私の右耳にくちびるをぴったり押しつけ、男がささやく。乳房に辿《たど》り着いた手が円を描き、乳首をしつこくいじり出す。

「なあ。あんた、したことある？」

そう訊いたときには、もう片方の手がスカートのなかに入っていた。

「あ、る」

私の声は潤み、弾んだ。足のあいだから頭に向かって甘い痺れが走った。

「そうかそうか、じゃあ俺ともしよう」

ビニールがかかったベッドマットに押し倒された。男の指は、私の足を簡単にゆるませた。このひとは悪いひとだ、と思った。初めて会った中学生に声をかけ、こんなにも簡単に足をひらかせるのだから。

男の指が、くちびるが、舌が、私を熱くとろけるものに変えていく。私の足はどこまでもひらき、まるで暗い穴を世界中にさらしているようだった。押しつけられる。ひっくり返される。起こされる。ねじられる。男の動き方は、澤村くんとちがっていた。初めから手順が決まっているように迷いがなく、それでいて極限まで焦らす。私からいやらしい声があふれ出て、途中から口をふさがれるほどだった。腰を抱えられ、私は首を伸ばした。ひらいた足のあいだで動くどす黒く濡れたものは凶暴にも滑稽《こっけい》にも見え、男の体に寄生する醜い生き物のようだった。

「すごいな」

終わってから男は言った。交わる前と変わらない笑顔だ。

「まだ中学生だろ。こんなに好きでどうすんだよ。そのうち手に負えなくなるぞ。いやあ、ほんとあんた、連れて帰りたいよ」

「どこに？」

スカートのひだを直しながら、私は訊いた。

「札幌」

「札幌にうちがあんの？」

「うちってほどのもんじゃないけどな。アパート借りてんだよ」

「あたし、もうすぐ札幌行くかもしれない」

「へえ。いつ？」

「夏。夏に」

「もう夏だよ」

「夏休み」

「じゃあ、また遊ぼうよ」

男はにかりと笑った。

このひとは悪いひとだ。汚れた血が流れている。だから、安全だ。

「名前は？」

「一子」

「いちこちゃん、電話番号教えてよ」

「うち、電話ないの」

「じゃあさ、俺の教えるから電話してくれる？」

私は、男が声にした番号をノートに記した。並んだ数字はなにかの予約番号に見えた。この数字と引き替えに手に入るものがある。そう確信した。

こんなにも因縁にまみれた体になったのに、祖母はまだ気がつかない。

私がつくる千粒団子は、蒸し上がった瞬間に蛆《うじ》が湧くだろう。私が唱えるお経は、呪詛《じゅそ》に変わるだろう。お地蔵さんの眼からは黒い涙が流れ、裏山は土砂で埋もれてしまうだろう。

夏休みの初日、祖母は私がつくった千粒団子をリヤカーに積み、お地蔵さんがある裏山に行った。

見抜かれるだろうか、と台所に立って考えた。私がつくった団子に蛆が潜んでいることを。

もし見抜けないとしたら、祖母がやっていることも言っていることもすべて嘘っぱちだ。

蟬の鳴き声が耳のなかに溜まっていく。暑くもなく涼しくもない。ときおり吹く風が肌をべたつかせる。母の骨が届いたのもこんな夏だった。

ふと背後に気配を感じた。祖母が帰ってきたのだと振り返った。

薄灰色の影が立っている。風にそよぐように輪郭を震わせ、こっちをじっと見つめている。

お母さん？　と思いかけ、ちがう、と閃《ひらめ》いた。

これは私だ。数年後か数十年後の島から出られなかった私。

早く出ていけ、と訴えているのだろうか。この夏を逃すな、と教えているのだろうか。

影はゆっくり舞い上がり、ふわりと沈んで消えた。窓枠にかけてある作務衣の影だった。

そうわかっても、私の鼓動は鎮まらない。

いつのまにか蟬の鳴き声がやんでいる。かすかな潮騒《しおさい》が聞こえる。柱時計を見た。フェリーの出航時刻の四十分前。祖母はまだ裏山から戻ってこない。

心臓がせり上がり、みぞおちから震えが走る。

自分の部屋に行き、教科書のあいだからお金の入った封筒を取った。巾着袋に下着とハンカチと生理用ナプキンを入れ、ノートから電話番号をやぶり取る。

ジャージのまま家を出て、裏山を見た。祖母が戻ってくる気配はない。どうしたのだろう。

胸の発作で倒れたのだろうか。斜面を落ちて怪我をしたのだろうか。私の因縁が災いとなって降りかかったのだろうか。そう考えたとき、ふと思いついた。殺せばいいのだ。

そうだ、どうしていままで気づかなかったのだろう。この島から出るいちばん簡単な方法は、祖母を殺すことだ。もし、フェリー乗り場に祖母がいても、今晩殺せばいい。そうすれば、明日の朝のフェリーに乗ることができる。

私は坂道を駆け下りた。一度山を見上げてから、港に向かって走り出す。波の上でちらつく無数の輝きを眼に受けながら、島を出る私の証人が欲しい、と思った。

百合ちゃんの部屋は窓が開いていた。

小声で何度か呼ぶと、百合ちゃんが窓から顔を出した。

「いっちゃん、どうしたの？　入っておいでよ」

「だめ。だめなの」

私は首を横に振る。

玄関から出てきた百合ちゃんは真剣な顔だった。

「いっちゃん、行くんだね」

私は強くうなずく。

「これ、お餞別《せんべつ》」

百合ちゃんは、私の手に封筒を押しつけた。

「ありがとう。手紙書くから」

「絶対だよ。待ってっから」

「今度は島の外で会おうね」

「うん。そうしよう」

「じゃあね」

港へと走りかけて、私は足をとめた。もう一度百合ちゃんに向き直る。

「ねえ百合ちゃん、小学生のとき将来の夢を発表したよね。あたし、あのときは決まってなかったけど、いま決まった。あたしの夢はね、男の子を産むこと。お嫁さんになって、男の子を産むの。ひとりだけじゃないよ。いっぱいいっぱい産むの」

私は全速力で駆け出した。

フェリーの汽笛が聞こえる。ぼーう、ぼーう。

## 第二章

# 1992年　霊園からの脱出

自分の墓があるかもしれない。

そう思ったのは小学五年のときだった。偶然迷い込んだ高台の霊園だった。陰気に枝を伸ばした樹木が茂る場所に、朽《く》ちかけた墓石が並んでいた。まるで土と一体化しているように静かな佇《たたず》まいだった。

ふいに、地面にいくつもの死体が横たわる光景が浮かんだ。いつだったかテレビのニュースで眼にした、どこかの国の戦争か地震を伝える映像だった。あのときも死体は土の盛り上がりにしか見えなかった。

もしかして自分はとっくに死んでいて、ここに埋葬されているのではないか。

その考えにとり憑かれた。そうすると、すべて納得がいった。自分は幽霊なのだ。死んだことに気づかず、あの家に居ついているのだ。

墓石のひとつひとつに眼をやり、墓誌があれば刻まれている名前を読んだ。鈴木《すずき》明生《あきお》、鈴

木明生、鈴木明生。どこかに自分の名前はないだろうか。

春だった。桜の季節は終わり、汚れた花びらが湿った土にめり込んでいた。黒いランドセルを下ろし、木の根元に座って足を伸ばした。じんわりズボンが湿っていっても不快ではなかった。

このどこかに自分の墓がある。

ということは、ここが自分の居場所なのだ。

「そうか、幽霊だったのか。だからここが自分の場所なのか」

自分の声は、停滞した空気に吸い込まれていった。

眼をつぶると、静寂が発する耳鳴りに似た音に包まれた。緑の濃い匂いが覆いかぶさってきた。

どのくらい眠ったのだろう。寒さで目覚めたときには夕方をとうに過ぎた暗さのなかにいた。道に迷い続け、家に着いたのはいつもなら夕食も風呂も済ませている時間だった。

帰ってきた自分を抱きしめ母親は泣いた。心配したんだよ、どこ行ってたの、よかった、ほんとによかった。

抱きしめられているあいだ、ぼうっとしていた。自分は幽霊で、これは人間だ。だから、通じ合わなくてもあたりまえなのだ。

居間のソファには、三歳の妹がタオルケットをかけて眠っていた。あれも人間だ、と言葉にして思った。だから、同じ世界にはいないのだ。

*

初めて霊園を訪れてから四年がたつ。

霊園の広大さを知ったのは地図を見てからだ。地図によると、自分が訪れているのは正門から離れた区画で、いつも通っている道は地図には記載されていなかった。

自分が通るのは、自然公園のふもとの林から入る獣道だ。曲がりくねった薄暗い道を上がりきると短い吊り橋が現れ、下には片側一車線の道路が走っている。ぎしぎし音をたてる吊り橋を渡り、樹木を縫って歩くと霊園のはずれに出る。おそらく古い区画なのだろう、忘れられたような墓石が並んでいる。

小学五年のときには後戻りできないほど遠く感じた霊園も、中学三年になったいまでは家から三十分も歩けば着いてしまう。

パーカのポケットに両手を突っ込み、墓石のあいだを歩いていく。右のポケットには自動販売機で買った缶コーヒーがある。無意識のうちに墓誌に自分の名前をいまでも探している。

雑草が茂る古い区画を抜けると、しだいに樹木が減り、空が開けて明るさが差してくる。花や供物が眼につくようになり、健全な霊園といった雰囲気だ。

日曜日の午前。人の姿は見えないのに線香の匂いが流れてくる。ふいに歌の断片が届いた。少しあいだをあけて、今度はもっと長く聞こえた。高く震える合唱だ。

黒い集団による讃美歌だった。そのなかに円条《えんじょう》を見つけた。最前列の真ん中にいる。

ああ、そうか。確か円条の祖母が亡くなったのだ。「自殺だって、焼身自殺」と、クラスの女子が熱心に噂していた。

円条はクラスでも最前列の真ん中の席だ。十日前からその席は空いたままになっている。彼はクラスでいちばん小さい。いや、学年でいちばんかもしれない。それなのに顔と手足は際立って大きく、落ち着きが悪いバランスだ。

いま墓石に向かって立っている彼は、髪を七三に分け黒いスーツを着ている。寄せ集めのパーツで構成されているかのようにちぐはぐなうえ、必死な形相で讃美歌を歌っている。静粛な雰囲気のなか、彼の存在だけ滑稽だった。

「鈴木」

その場を離れてまもなく声をかけられた。振り返って視線を下げると円条の顔があった。大きな顔に屈託のない微笑みを浮かべている。

「おもしろいね、こんなところで会うなんて。鈴木は墓参り？」

「いや、うん」

「僕はおばあちゃんの納骨式」

「……そうか」

「いいよ、気をつかわなくたって。どうせみんな知ってるんだろ、自殺したって」

円条はふっと笑いを漏らすと、背伸びするように顔を近づけてきた。声を潜めて、

「僕、見たんだ。おばあちゃんが燃えてるところ。神様、って何度も叫んでた」

ヒカル、と女の声がした。

「あ、ママ」

円条が視線を向けた先には、顔に黒いレースを垂らした女がいた。肌が透けるように白く、まるでモノクロを見ているようだ。

「お友達？」

「うん、同級生」

鈴木です、とポケットから両手を出したら缶コーヒーが落ちた。拾い上げてから、言うべき言葉がわからずただ頭を深く下げた。

「じゃあ、あなたも記念会にいらっしゃらない？　一ヵ月後なのだけれど、教会でおかあさ

まの追悼《ついとう》ミサを行うのよ。あなた、教会にはいらしたことある？　え？　あそう、ないの。こうやってお会いしたのもお導き、ぜひいらっしゃいよ」

　香水の匂いがしそうな声だった。

「ヒカル、先に行ってるからあなたも早くいらっしゃい」

「はーい」

　明るく返事をしたのち、円条は舌打ちするようにささやいた。

「最悪なババアだろ？」

　と、あごで母親を指す。

　その言葉づかいもしぐさも、学年トップの成績でみんなから「円条氏」と一目置かれているイメージとはかけ離れていた。

　じゃあ、と立ち去ろうとする彼を思わず呼び止めた。

「行かねえよ」

　ひとことで告げた。不思議そうな顔をするので、

「教会とか行かねえよ。ミサ、だっけ？」

「わかってるよ」

　円条は「円条氏」に戻り、余裕の微笑みを浮かべた。

円条と別れ、生まれ育ったまちを見下ろせる場所に行った。

まちはゴルフ場のある丘陵地帯で終わり、丘を越えた向こう側は遮《さえぎ》られている。真正面にジュース工場が見える。そこから少し離れたところに突き出ているのは、ラブホテルの大きな看板。手前にはビルやマンションが建ち並んでいる。

晴れ渡った空のせいか、すっきりと明るく平和なまちだった。春の陽射しがその柔らかな輝きで汚れたものを覆い隠している。

自分が暮らす家はジュース工場の近く、マンションの陰になっているあたりだ。小さな一軒家。生まれたときから、いや、生まれる前から自分はそこに居ついていた。

＊

生まれたときのことを覚えている。誰にも告げたことはないが、生まれる前のことも覚えている。母親の腹のなかにいたころのことだ。

自分は男だった。そう告げる声を聞いたのだ。

自分のいる世界は、歓びで満ちあふれていた。羊水は温かく、きらきらと輝いていた。

母親はよく話しかけてくれた。歌を聞かせてくれた。厚い膜越しに撫《な》でさすってくれた。

自分はほとんどの時間を眠って過ごした。眠っていても、母親からの声や音がこもって聞こえた。すると心地よさが深まり、さらに眠くなるのだった。

けれど、幸福は長く続かなかった。誰かが、ついていたものが見えなくなった、と言い、たぶん女の子でしょう、と続けた。

一瞬のうちに、羊水は輝きとぬくもりを失った。

そして、かん高い叫びが聞こえた。世界が消滅する音だと思った。自分は母親と一緒にいなくなるのだ、と。

ところが、世界はあり続けた。自分も母親も消えなかった。

母親は、お願い、と繰り返すようになった。

お願い、お医者さまはたぶんって言ってたもの。お願い、まちがいでありますように。まだ決まったわけじゃない。きっと大丈夫。だから、お願い、お願い、お願い。神様、どうかお願いします。

悲しげな声に、自分も悲しくなった。母親が何を願っているのかわからなかったが、願いが叶えばいいと思った。

だからお願いします、と神様というものに自分も祈った。どうか願いを叶えてください。

自分と母親がどんなに祈っても、歓びは戻ってこなかった。それでも、ここにいる限り希望はあるように感じられた。もう少し、あと少しいれば、願いは叶うかもしれない。

けれど、力ずくで引きずり出された。

悲しんでいるひまはなかった。自分にはしたいことがあった。それなのに眼はなかなか開かず、開いても自由に動かず、なにより息ができなかった。まず泣いた。

したいこと、それは母親がどのようなものか確かめることだった。その形、大きさ、温かさ、手ざわり、匂い。

やがて、柔らかなものの上にそっと置かれた。教えられなくとも、これが母親だとわかった。これからも母親と一緒にいられるのだ。ほっとして精いっぱいしがみつこうとした。

ちがう、と硬い声がした。いやだ、いやだ、ちがう。

かつて聞いたかん高い叫び声。

男の子のはずだもの。私の赤ちゃんは？　ちがうちがう、これじゃない！

小学生になるまで、母親のそばを離れなかった。

保育園にも幼稚園にも行かなかったし、友達と遊ぶこともなかった。

忍者ハットリくんやドラえもんのテレビを見たり、機関車トーマスの絵本を読んでもらったりした。母親の膝に座って、チラシの裏に絵を描くのが好きだった。怪獣は？　ハットリくんは？　トーマスは？　と促されるままクレヨンを動かした。青や水色や緑を使うことが多かった。ふと見上げると、母親は笑いかけていることもあったし、うつろな眼を遠くに向けていることもあった。

「お母さんにはねえ、お母さんがいなかったんだよ」

膝に乗せた自分を揺らしながら、母親はよくそんなことを言った。頭上から降りかかる声は頼りなく、息は生温かかった。

「でもね、おばあさんはいたんだよ。おばあさんね、怒ってるよ。そらみろって言ってるよ。でも、ちがうって言うから。この子は男の子だ、って言うから。ね、いいでしょ、明生。いいでしょ、いいでしょ」

うん、いいよ。自分がそう答えるまで、頭のてっぺんにあごを押しつけぐりぐり動かした。

公園やスーパーに行くと、知らない人に声をかけられることがあった。そのたび緊張した。とんでもない失敗をして、母親を悲しませてはいけないと身構えた。名前を訊かれ、年齢を訊かれた。母親に教えられたとおりに答えた。みっつとかよっつとか言いながら指を立てるのも忘れなかった。知らない人たちは自分の頭を撫でながら、ボクお利口さんね、とか、ボク人見知りなのかな、とか、女の子みたいにかわいい顔してるのね、と笑った。

母親をそろりと見上げた。これでいい？　これで合ってる？　まちがってない？　母親はやさしかった。母親がやさしいままでいられるようにすることが自分の役割だと感じていた。

——神様、どうかお願いします。

生まれる前のことを覚えていた。あのときは、神様が母親の願いを叶えてくれると思っていた。けれどいま、それを叶えられるのは自分しかいない。

母親との時間でただひとつ嫌だったのは、風呂だ。ボイラーの音が響くと体がすくんだ。頭のなかに湯気がたちこめ、息が苦しくなった。

浴槽のなかで、母親は自分を後ろから抱きしめた。湯のなかを泳ぐように伸ばした手が足のあいだを分け入り、さすり、つまみ、引っ張る。自分はされるがまま息を殺した。

今度は自分を浴槽のへりに座らせ、母親は顔をくっつけるようにして足を広げさせる。さすり、つまみ、引っ張る。

どうしてないんだろう。出てくればいいのに。

母親のささやきはしっとり響いて怖かった。

「どこに行っちゃったんだろうね、おちんちん。だって、最初はあったんだよ」

そう言われて、小さくうなずく。

「明生が自分で取っちゃったの？」

急いで首を横に振る。

浴槽のへりに座った自分を力強く抱き寄せ、

「どうしてこうなるんだろう」

と、母親は泣いた。

泣き声のあいだから、ごめんねごめんね、ごめんなさい、とつぶやきが漏れた。

自分が公園やスーパーで見かける子たちとちがうことに気づいていた。男の子じゃないのに、男の子のふりをしていることにも気づいていた。けれど、気づかないふりができた。

小学校に入るとだめだった。まわりがいちいち指摘してくる。先生からは「くん」ではなく「さん」で呼ばれた。女子からは「ちゃん」で呼ばれた。男の子みたいな格好をしていると笑われた。ランドセルが黒いのは変だとからかわれた。

ランドセルのことで、父親と母親は何度かけんかした。

「いいかげんにしろっ」と父親は怒鳴った。「明生は女の子なんだぞ。かわいそうじゃないかっ」

「静かにしてください。あの子に聞こえる」

自分は、和室の布団のなかにいた。少し開いた襖のあいだから、父親の酔った赤い顔が見えた。

布団のなかできつく眼を閉じた。耳もふさぎたかったが、動くと起きているのがばれてしまいそうだった。

「どうして黒なんか買ったんだっ」

「明生は、黒とか青とかそういう男の子っぽいのが好きなんです」

「おまえがそうさせてるからだろう」

「いつも帰りが遅い正彦《まさひこ》さんに何がわかるの？」

「仕事だからしょうがないだろ」

「でも毎日お酒飲んでくるじゃない」

父親は押し黙った。お酒の匂いが強くなった気がした。

「……飲まずにいられないだろう」

絞り出すような声だった。

次の日、父親は珍しくお酒の匂いをさせずに早く帰ってきた。自分を呼ぶと、デパートの袋から赤いランドセルを出した。黒いランドセルと並べて、どっちがいい？　と迫った。自分が黒を指さすと、父親は黙って立ち上がり出ていった。

黒いランドセルを背負っても、青いズボンをはいても、髪をうんと短くしても、どんなに速く走っても、「女子」のほうに入れられた。席替えでも日直でも運動会でも出席簿でも、自分は女子だった。

母親を裏切っている気持ちがした。自分は何もしていないのに、母親を悲しませている。クレヨンと色鉛筆は、青と緑と黒しか使わないことに決めた。自分を「あきお」じゃなく「おれ」と呼ぶことにした。男子からは「オトコオンナ」とはやされたが、いじめられはしなかった。背が高くて、走るのが速く、勉強ができたせいだろう。

三学期に入ってまもないころだ。

学校から帰ると、母親がにこにこと笑いながらピンク色のワンピースを自分の体に当てた。母親が「かわいい」と言ったのと、自分が「うわっ」と叫んだのは同時だった。母親はもう一度ワンピースをあてがい、「やっぱり似合うね。すごくかわいい」と言った。そして、紙袋から値札がついたままのスカートやセーターやジャンパーや靴を出して並べはじめた。どれも女の子のものだった。

どういうことかわからなかった。わからないまま、自分はとうとう母親に見放されたのだ、と感じた。

その日、父親は早い時間にケーキを買って帰ってきた。とても機嫌がよかった。母親がトイレに立ったときに得意気な顔で、よかったな、とささやいたが、意味がわからなかった。

自分は、赤いランドセルにも女の子の洋服にも手をつけなかった。黒いランドセルを使い続け、青や緑の洋服を着続けた。母親はどこか上の空だった。自分が男の子の格好をし続けてもがっかりするふうもなく、離れたところから眺めている雰囲気だった。

二年生になってすぐその理由がわかった。母親の腹が膨れてきたのだ。もうすぐお姉ちゃんになるよ、と笑いかけられ、膨らんだ腹に自分以外のものがいることを知った。

男の子が生まれるのだと思った。自分は願いを叶えてあげることができなかった。だから母親は自分を見放したのだ。

それなのに、赤ん坊は女の子だった。愛子《あいこ》という名前になった。白くて柔らかな頬と丸くつやつやした眼をしていた。

「男じゃないの？」

詰め寄るように訊いた。

「女の子だよ。愛子でーす。お姉ちゃん、よろちくお願いちます。愛子のことかわいがってね」

母親は赤ん坊の小さな手を持ち、くすぐったそうに笑った。

わけがわからなかった。

だって母親は、お願いお願いお願い、と悲しげな声で祈らなかった。それどころか眼に歓びをため、やさしく語りかけ、歌い、膨らんだ腹を撫でさすった。

「じゃあ、おちんちんついてないの？」

「もちろんついてないよ、女の子だもん」

「ついてなくてもいいの？」

そう訊いたとき、母親はつまずいた瞬間の顔になった。あっ、と声を漏らし、しだいに泣き出しそうな表情になっていった。

「ごめんね、明生。ごめんね」

母親に抱かれた赤ん坊は、小さく頼りなかった。どこもかしこもぐんなりと柔らかかった。強くつかんだり揺さぶったりするだけで簡単に壊れてしまいそうだった。

自分はいつかこれを壊すかもしれない。

母親が大切に抱いているものを眺めながらそう思ったことを覚えている。

＊

――神様、って何度も叫んでた。

さっきの円条の声が蘇る。妙に澄んだ高い声。あいつは声変わりしてないのだろうか。

霊園から帰ると、家には誰もいなかった。父親は長いこと家を空けている。母親と妹は買い物にでも出かけたのだろう。

自室に上がり、ベッドに寝そべり眼を閉じた。真っ暗になった視界に赤がちらつき、まぶたの裏を刺す。妹のランドセルのせいだ。この春小学生になった妹のランドセルは鮮やかに赤く、視界に入るたび反射的に眼が細まる。

眼の奥の痛みが頭痛に変わり、鎮痛剤を飲んだ。睡魔がゆっくり近づいてくる。

——神様、って何度も叫んでた。

頭痛と眠気をかき分け、円条の声が届いた。

死ぬ間際にも神様を呼ぶのか。

それが不思議だった。死ぬのに？　なんのために？　いまさら叶えたいことなどないだろう。

霊園で会った次の日から円条は登校した。

言葉を交わしたのは、それから三、四日後のことだった。放課後、玄関で偶然一緒になったときだ。

「誰にも言わなかったんだね」

そう言われても思い当たることはない。

「ほら、納骨式。霊園で会ったことだよ」

「なんで誰かに言わなきゃならないんだ？」

円条は小さく笑った。「円条氏」らしい慎みある表情だ。

「普通はぺらぺらしゃべるんだよ。それであっというまに噂になって、いろいろ言われるものだよ」

「噂にはなってるみたいだけど」

「焼身自殺だからね」

と、噂を吹聴《ふいちょう》する人のように言い放つ。

そのまま並んで歩き出した。円条のつむじは頭のてっぺんにあり、真っ黒な髪がゆるやかな放射を描くように流れている。それが自分の肩の位置にある。

重なったかけ声が聞こえてきた。フェンス越しのグラウンドには、白いユニフォームを着た野球部員たちが散っている。ボールが転がり、土埃があがった。

「夜中に灯油かぶって火つけたんだ」

円条はいきなり言った。

「え？」

「庭で。僕が見たときは、腕から体じゅうに火がまわるところだった。あっというまだったよ」

誰かにしゃべりたかったのかもしれない。一途な口調だった。

円条の祖母が死んだ夜、消防車のサイレンを聞いたのを覚えている。一時か二時だったはずだ。

「おばあちゃんったらさ、かみさまー、かみさまー、って。すぐ聞こえなくなったけど。燃えてるのに、なにいまさら願い事してるんだよって。遅過ぎるだろって」

そう言うと、円条は激しく笑い出した。

「おかしくないよ」

自分は言った。頭の芯がぴんと張っている。自分は何かに腹を立てている。

「全然おかしくない。何がおかしいんだ？」

円条の笑いは一瞬で引き、泣き出しそうな表情が残った。

「おかしくないよ」

円条が言う。

全然おかしくないっ。小さく叫ぶとしゃがみ込んだ。泣いているのかと思ったら、靴紐を結び直していた。幼児が父親の靴を履いているようだ。

そのままふたりで霊園に向かったのは、自分が裏道のことを教えたのがきっかけだった。

「そういえば鈴木はこのあいだ誰の墓参りだったの？」

そう訊かれ、とっさに「自分の」と答えそうになった。

「誰のでもないよ。散歩みたいなもん」

「ふうん。あ、こんなところに出るんだ？　すごい。古いお墓ばかりだね。ここも一応霊園になるのか」

古い区画を抜けると、区画番地が記された案内板がところどころに立っている。円条はそれを確かめながら、彼の祖母の墓へと歩いていく。

ひときわ目立つ墓の前で立ち止まった。

「すごいな」

「すごいでしょ」

円条は、自分を見上げて笑った。

その墓は、青光りする大きな台座の上に、聖書をかたどった石と十字架と黒いプレートが配置されていた。台座には百合の花束がいくつも供えてある。円条の祖母の墓だけ、死が生々しかった。

「こんなに花があるなんて知り合いが多かったんだな」

百合の花は台座を埋め尽くすほどあり、そのほとんどがみずみずしさを保っている。

「ちがうよ。花はママと教会の人たちだよ。きっと百合の花でおばあちゃんを封じ込めようとしてるんだ」

「封じ込める？」

「鈴木んちは仏教？　キリスト教？」

「どっちでもないんじゃないかな」

「へえ。変わってるね」

仏教とかキリスト教とか考えたこともなかった。家には仏壇も十字架もないし、寺や教会に行ったこともなければ、墓参りさえした覚えがない。

「おばあちゃんは仏教だったんだ。それなのに、こんなお墓に入れられて絶対怒ってるよ。ママもそう思ってるから、花と十字架で怒りを封じ込めようとしてるんだ。おばあちゃん、バチが当たるってよく言ってた。そのうち良くないことが起こる、って。ご先祖様が怒ってるんだってさ」

「バチなんかないっ」思わず言っていた。「バチなんかないよ。あるわけないだろう」

眼の奥が痛む。鮮やかな赤がちらついている。お母さん、見て見て、愛子のランドセルかわいい？　べたついた甘ったるい声。

「鈴木にだけ教えてあげるよ」

そう言って、円条は短く息を吸い、吐き出す。

「僕、消えるから」

円条が口にした「消える」は、彼の祖母のようになるという意味に聞こえた。それが表情に表れたのだろうか、

「ちがうよ。家を出るんだよ」

「家出ってことか？」

「まあ、そんなとこ」

「なんで」

「ここは僕の居場所じゃないから」

「どういうことだ？」

「言葉のままだよ」

「じゃあどこに行くんだよ」

「どこかにある自分の居場所だよ。それを探しに行くんじゃないか」

そのいいかげんな物言いは、大差で学年トップを保持し続けている円条らしくなかった。

ふうん、とそっけなく答えたもののうろたえていた。自分の居場所を探しに行く。誘われている気がした。

玉ねぎを炒める匂いが家の外までしていた。

夕食はハヤシライスだった。母親はビーフストロガノフと言うが、入っているのは豚肉だ。母親は、カレーにも筑前煮にもシチューにも豚肉を使う。小さいころはすき焼きも豚肉で、こんなのはすき焼きじゃないと父親が怒った記憶がある。あれはいつのことだろう。以前から父親の帰りは遅かったが、それでも帰ってはきていたし、夕食を一緒にとることもあった。いまでは年に数回しか帰ってこない。

円条の言葉を思い出し、この家は父親の居場所じゃなかったってことか？　ほんとうの居場所を見つけたってことか？　と考えた。

「どこ行くの？」

妹が口を開いた。食卓越しに自分を見つめている。黒く濡れた瞳で、習っていない文字を読み解こうとするみたいだ。

「何言ってるの。お姉ちゃんは、いま帰ってきたばかりでしょう」

スープをよそいながら母親が笑う。

母親の声が聞こえなかったのか、不思議そうな表情と無防備な視線は変わらない。閉じきらないくちびるのはしから、いまにもよだれが滴《したた》りそうだ。

ふと思い出した。妹はよくこんなふうに父親を見ていた。しゃべるようになる前、危なっかしい足どりで歩きはじめたころだ。まるで未知の動物に遭遇したかのように、会社から帰ってきた父親を見つめていた。

ほら、愛子。お父さんですよ。

愛子、ただいま。なんでそんなにびっくりしてるんだ？

正彦さん、いつも帰りが遅いから。

お父さんのこと忘れちゃったのかなあ？

父親も母親も、ぽかんとした妹がおかしそうだった。けれど、やがて父親を見て泣き叫ぶようになると笑っていられなくなった。

「お姉ちゃん、どこ行くの？」

妹が繰り返す。

「修学旅行」

スプーンに手を伸ばしながら答えた。どこかに行くとしたら、半月先の修学旅行しか心当たりがない。

妹は「修学旅行」と味わうようにつぶやき、「って、なあに？」と薄い眉をひそめる。

「ああ、なんだ。そういうこと」

母親は声を弾ませた。食卓にスープの入った椀を三つ置き、妹の隣に座る。

「さっき愛子と一緒に、お姉ちゃんの修学旅行用にバッグを買いに行ったの。それでお姉ちゃんがどこかに行くってわかったんだね」

「ねえ、修学旅行ってなあに？」

妹が母親を見上げる。

「学校のお友達同士で旅行に行くの。愛子も六年生になったら行けるからね」

「いいよ、愛子は。行かない」

「どうして？　ほら、食べよう食べよう。いただきます」

「いただきます。……だって、お泊まりするんでしょ？」

「うん、そうだよ」

「愛子、おうちにいるほうがいい」

「そうなの？」

「お母さんもそうでしょ？」

妹はあごをさらに上げて、かしこまったふうに訊いた。

「修学旅行では寺を見るんだ」

そう言うと、ふたりとも自分に眼を向けた。

「テラって、お寺のこと？」

妹が首をわずかに傾《かし》げる。そういうしぐさがかわいいと、生まれたときから知っているように。

「去年の三年がふたり、京都のどっかの寺に落書きしたらしいんだけど、ひとりが交通事故で寝たきりになって、もうひとりが病気で死んだって噂があるんだ。バチが当たったって言われてるけど、それ、ほんとかなあ」

噂はよくある類《たぐい》のものだろう。が、落書きはほんとうで、そのため今年の修学旅行の行き先は東北になった。

視界のなかの母親は、スプーンを持った手を止めて自分を見つめている。

「だから、ほんとかどうか試してみようと思うんだ。どっかの寺に落書きしてみるよ」

「何言ってるの」

「だめだよ」

母親と妹は同時に言った。

「大丈夫だよ」

ハヤシライスをばくばく口に運び、どうってことない口調で続ける。頭の芯がぴんと張って切れてしまいそうだ。

「だって、バチなんかないからね。神様なんかいないからね」

そうだよな？　と立ち上がり母親を見下ろした。

母親の顔に表情はなかった。自分を透かして見える別のものに心を奪われた顔つきだ。

「なあ、神様もバチもないんだよな？」

声を強くすると、母親は焦点の合っていない眼で細かなまばたきを繰り返した。

忘れてしまったのだろうか。斬りつけるような叫び声をあげたあの日のことを。

＊

バチが当たる、という言葉を覚えたのは小学校に入ってすぐだった。クラスで流行《はや》ったのだ。

転んだ子に、先生に叱られた子に、鉛筆をなくした子に、バーチが当たったバーチが当たった、カーミサマーのバーチが当たった、と手を叩いてはやしたてる光景をよく見かけた。

覚えたてのフレーズを使ってみたくてたまらなかった。学校で口にするのは恥ずかしかったから家で機会をうかがった。

母親が皿を割ったときだった。

お母さん、カーミサマーのバーチが当たったね。

そう言ったとたん、母親はものすごい勢いで振り返った。眼がつり上がっていた。

バチなんか当たらないっ。

悲鳴のような声だった。

バチなんか当たらないっ。バチなんかないっ。

叫びながら、割れた皿を床に投げつけた。白い破片が飛び散った。

母親の髪の毛は逆立っていた。首の筋が浮き上がっていた。眼のなかが真っ赤だった。

バチなんかないバチなんかない。神様なんかいない。全部嘘なんだから。神様のバチなんか、なーいっ。

そのとき初めて、クラスの子がはやしたてる「カーミサマー」が「神様」のことだと気づいた。

神様。それは、生まれる前によく耳にした言葉だった。

神様、どうかお願いします。お願いお願いお願い。神様――。

悲しげな声で母親が繰り返していた。

それなのにいま、神様なんかいないと言う。

ああ、そうか。すべてわかった。頭のなかでばらばらになっていたものが腹にどさりと落ちてきた。

自分がバチなのだ。

母親は神様に叱られたのだ。だから、バチとして自分が生まれてしまったのだ。

母親は床に突っ伏して泣いている。ときどき喘《あえ》ぐように息を吸い込む。怖いよう、怖いよう、誰か、誰か助けてぇ。卵から孵《かえ》ったばかりの雛鳥《ひなどり》みたいな声だった。

自分はバチなのに、母親はやさしくしてくれる。憎んだり嫌ったりしてもいいのに、大事にしてくれる。

お母さん、と呼びかけたら涙が膨れた。

お母さん、ごめんなさい、ごめんなさい、ごめんなさい。

母親の背中に覆いかぶさって、母親と同じ声で泣いた。

＊

円条は人気がある。二年のときは推薦で学級委員長をやったうえに、生徒会の選挙に担ぎ出されそうになり、もし固辞しなければ生徒会長になっていただろう。

だから友達がたくさんいるのだろうと勝手に思っていた。円条を気にかけるようになってから、彼がどのグループにも属さず、いつもひとりで帰っているのがわかった。

背の低い円条は、最前列の中央の席だ。たいていは何人かの背中に隠れているが、たまに視界が開けることがある。大きな頭。白いうなじ。小さな肩。こうやって眺めると、ピアノの発表会の出番を待つ幼児のようだ。

小さなものが飛んできた。英文を写していたノートに当たり床に落ちた。拾い上げると、斜め後ろのデルタと眼が合った。いたずらっぽく笑いかけてくる。

このクラスの女子は、紙切れを投げ合うのが好きだ。授業中、それぞれの退屈や冗談や不満や友情が、草むらのバッタみたいに飛びかう。自分は投げたことも受け取ったことも一度もない。コントロールが狂ったのだろうと返そうとしたら、激しく睨まれた。

丸まった紙切れを開く。〈円条氏を見てるでしょ?〉と下手くそな文字で書いてある。かっと顔が熱くなった。悟られないように教科書に顔を落とす。

また飛んできた。今度は頭に当たった。

〈円条氏のこと気になるの?〉

睨みつけると、デルタは目線を上にしてとぼけた顔をした。

また飛んできた。

〈円条氏のこと好きなの？〉

デルタは口笛でも吹きそうな雰囲気で、おもしろがっているのは明らかだ。

紙切れはどんどん飛んできた。

〈鈴木さんと円条氏って、男女逆って感じ〉

〈鈴木さんでも男子を好きになるの？〉

放っておこうとしても、つい開いて読んでしまう。

〈円条氏とつきあってるの？〉

〈誰にも言わないから教えて！〉

クラスの女子はこんな中身のない会話を投げ合い楽しんでいるのか。くだらな過ぎて腹は立たず、むしろおかしいくらいだ。

「ねえねえ、なんで返事くれなかったの？」

昼休み、トイレに行こうとしたらデルタが追いかけてきた。

「返事くれないってことは、認めたってことになるんだからあ」

馴《な》れ馴れしく笑いながら、このこのー、とひじで突いてくる。いちごガムに似た匂いが立ちのぼる。

デルタと呼ばれる井手瑠香《いでるか》は、そのバリエーションでデブタとも呼ばれている。いずれも陰でだ。学校を休みがちなデルタからはいかがわしい大人の気配が感じられ、円条とはちがった意味で一目置かれていた。

「認めるって何をだよ？」

「だから全部よう」

　廊下を並んで歩いていると、いくつもの視線が遠慮がちに投げかけられた。

「なんでついてくんだよ」

「瑠香もトイレだもん」

「じゃあ、先歩けよ」

「ねえねえ。瑠香んち、円条氏のうちの近くなんだよ」

　細い眼と大きくて厚いくちびる。爬虫類をキャラクター化したような顔はくすぐったそうに笑っている。

「だから？」

「円条氏んちってジュース会社の社長でしょう」

「知らねえよ」

「えーっ、知らないの？　国道沿いに大きなジュース工場あるでしょう。ほら、ラブホテルの近くの。あれも円条氏んちの工場なんだよう」

そのジュース工場ならうちの近くだ。家の前の坂道を下っていき、国道を渡ったところにある。

「円条氏んち、すっごく立派なんだよ。瑠香んちはすっごくボロいアパートなんだけど。ほら、うち母子家庭だからさー。でね、瑠香の部屋の窓から円条氏んちが見えるんだよ」

「だからなんだよ？」

デルタは、んふ、と肩をすくめてわざとらしく舌を出す。

「円条氏がお父さんとゴルフの素振りしてるとこも、お母さんと一緒に出かけるとこも見たことあるよ。いかにも幸せなおうちって感じ。円条氏だったら玉の輿《こし》だね」

「おばあさんは？　見たことあるか？」

「あの焼身自殺した？」デルタは声を潜めず言い放ち、「気になるの？　教えてほしーい？」といたずらっぽい笑みをつくった。

返事をせずにトイレのドアを開けた。瑠香もトイレ、と言ったくせに入ってこない。

昼休みが終わるとデルタはいなくなっていた。


「自分も消えるよ」

放課後、教室から出ていく円条を追いかけて言った。

自分の居場所を探しに行く――そんな子供っぽいことを言う円条に、自分も子供になって訊きたかった。

そんなことできるのか？　どこかに居場所があるのか？　そこに行けば生き直せるのか？　ひとつ口にのぼらせれば、次々と言葉が滑り出そうなのに最初の一音がつかえている。

「いい計画があるんだ」

円条は得意気な顔をした。

誰にも聞かれないように、雨のなかを三十分歩いて学校からひと駅離れたハンバーガーショップに行った。

自分の制服から湿った匂いが強くする。制服の繊維には自分の日常が染みついているようで、円条に気づかれないか落ち着かなくなる。

円条はカバンから一枚のプリントを出した。これだよ、と紙コップのコーラをよけて見せてくれたのは修学旅行の行程表だった。

「修学旅行を利用する」

宣言する口調だ。

「うちはママの監視が厳しいからね。それに、修学旅行を利用したほうが効率的に遠くへ行ける。行き先が東北になったのは好都合だったよ。青森なら海を渡るのが簡単だからね」

二泊三日の修学旅行は、一泊目が岩手で二泊目が青森だ。

「二日目の夜がいいと思うんだ」

ここが試験に出るよとでもいうように、円条はシャープペンシルでプリントをこつこつ叩く。

「二日目のほうが監視も緩むし、海がすぐだからね」

こつこつ。

「六時半から夕食で、八時からレクリエーションがある。それ以降に抜け出すのが安全かな。それからフェリーに乗る」

こつこつこつ。

「それでいい？」

そう訊かれ驚いた。自分は、円条と一緒に行動するなんて考えていなかった。それなのにうなずいていた。あ、うなずいた、と認識した瞬間、なぜだかざわざわっと鳥肌が立った。

そうか、自分は円条と消えるのか。

「フェリーターミナルで待ち合わせよう」

「わかった」

「ホテルを抜け出すのが第一の難関かな。なんとかなると思うけど」

「うん」

「一週間後だね」

「うん」

「大丈夫？」

　と、円条はいきなり顔を上げた。至近距離で視線がぶつかり、反射的に顔をそむけた。大丈夫だよ、と答えたらぶっきらぼうになった。

「円条はなんで家を出るんだ？」

「前に言ったじゃないか」

「でも、円条のうち幸せなんじゃないのか？」

「なんで？」

　円条の眉間がうっすらと狭まり、雲が差した表情に変化する。

「井出が言ってた」

「井出が？」

「幸せそうだ、って」

「なんで井出にそんなことわかるんですか」

「うちが近いんだろ？　井出んちから円条の家が見えるんだって。何度か見かけたことがあって、幸せそうな家族だって言ってたよ」

「僕、井出のうちなんか知りませんけど」

円条は早口で言うと、それきり黙り込んだ。

自分が、円条にとって好ましくないことを言ってしまったのを悟った。どうしてだろう、たまにしゃべるとすぐこうだ。自分は、人を泣かせ、悲しませ、怒らせ、がっかりさせることしか言えない。子供のころからずっとそうだ。自分のひとことで母親は簡単に泣いたし、父親はがっかりした。

幽霊だからだ、と自分に言い聞かせる。幽霊だから、生きた人間とつながらないのはあたりまえなのだ。

黙り込む円条から眼をそむけ、水滴がついた窓を見た。淡く自分が映っている。短い髪と尖《とが》ったあご。向こう側が透けた自分は幽霊そのものだ。

あやまったほうがいいのだろうか。そう考えたとき、円条が口を開いた。

「僕は恵まれてるんだって」

池に小石を放るように言う。

「ママはいつもそう言う。両親がいて、立派な家に住めて、食事ができて、ベッドで寝られる。健康だし、勉強もできる。すべて神様のおかげだって。でも、おばあちゃんはいつも、僕のことをかわいそうだって言ってた。ほら、こんな背だからね」

と、手の平で頭のてっぺんを軽く叩いた。

「何度か病院に行ったけど、別に病気じゃないって。おばあちゃんはかわいそうにって言った。ママは病気じゃなくてよかったわね、これも神様のおかげよって。僕、百四十三センチだよ？　去年から一センチも伸びてないんだ。頭と手足はこんなに成長してるのに、どうして背だけ伸びないのか不思議に思わない？　ママのせいだと思うんだ」

こつこつしていたシャープペンシルは、いつのまにか円条の指でせわしなく回っている。

「ママが、ヒカルは恵まれてる幸せだ、って言い過ぎるから、体がこのままでいいんだと勘違いして伸びるのをやめたんだよ。でも、成長期のエネルギーが流れてるから末端だけ大きくなったんだ。ママの言葉が呪術になってるんだよ。ねえ、どう思う？　この仮説」

自分は口を開いた。が、言葉が出てこない。半開きの口のままでいると、鈴木は？　と訊かれた。

「鈴木はどうして家を出ることにしたの？」

半開きの口から言葉が滑り出るのを待った。つかえている最初の一音。

どこかに居場所があるのか？　そこに行けば生き直せるのか？

だめだ。出てこない。

「円条と同じようなもんだよ」

そう答えるのが精いっぱいだった。


円条と別れてすぐに雨はやんだ。やがて空の低い位置にうっすらとした虹の断片が現れた。朱色の鳥居をくぐり、神社のなかを歩いていく。東屋《あずまや》になった休憩所で、同じ学校の女子が七、八人騒いでいた。ベンチにはスナック菓子とジュースがあり、まるでピクニックの雰囲気だ。はしゃぐ声音が「わー」「ぎゃー」とまとまった響きに聞こえる。

おそらくソフトボール部か陸上部だろう。潔く短い黒髪と陽に焼けた顔。ブレザーにもスカートにも手を加えていない。制服じゃなければ男子にまちがわれる人もいるだろう。学校にはそんな女子がたくさんいる。

いまの自分も彼女たちのように見えるはずだ。

「おれ」という呼び方と青いズボンへの執着を捨てたのは、妹が生まれてまもなくだった。「おれ」と呼び続けても、青いズボンをはき続けても、青と緑と黒の色鉛筆しか使わなくても、自分の居場所はないのだと悟ったからだ。

与えられた洋服を着た。指示された色を使った。ただ、黒いランドセルだけは使い続けた。

赤いランドセルに替えたら、自分が見捨てられたことをみんなに知られてしまうと思った。もし、居場所を見つけることができたら、生き直すことができたら、いまの自分はどちらのランドセルを選ぶのだろう。

ねぶた会館を出て、行程表を確かめた。

神社仏閣はすべて見学を終え、あとは遺跡や城を残すだけだ。修学旅行二日目の午後だった。

結局、寺に落書きはしなかった。したい気持ちはあった。朱色の柱にバカと書き、金色の仏像の手首を折り、苔《こけ》むした石碑に死ねと刻みたい衝動に駆られた。そうする姿を母親に見せつけたかった。バチなんかないから平気だよね、と言ってやりたかった。自分が、バチが当たるのを望んでいるのか、バチなんかないと証明したがっているのかわからなかった。

どっちにしても、どうでもいいことだ。もう母親に会うこともないのだから。

ねぶた会館の前には、生徒たちがいくつかのグループに分かれて立っている。ガイドブックをのぞき込んだり、笑い合ったり、すでに歩き出している人たちもいる。そのなかに円条もいた。ズボンのポケットに両手を入れ、「円条氏」の顔でクラスの男子としゃべっている。

　ひとりで歩き出した。つもりだったのに、

「どこ行くのーっ？」

　鼻にかかった声に振り向くとデルタがいた。

「ねえねえ、鈴木さん。ひとりでどこ行くのお？」

「どこでもいいだろ」

「瑠香も一緒に行こうかな」

　んふふ、と笑って舌を出す。

「来なくていいよ」

　早足で歩き出すと、デルタが荒い鼻息でついてきた。

「なんだよ？」

「ねえねえ、あれ持ってない？」

　悪びれることなく訊いてくる。

「あれ？」

「うん。あれになりそうなの」

「あれ、ってなんだ？」

「だから、あれのときに使うあれだって」

え、とデルタが口に手を当てる。細い眼をめいっぱいに開く。

「やだあ。嘘でしょう。もしかして鈴木さん、まだなってないの？」

ようやくわかって耳が熱くなる。

「そんなもん持ってねえよ」

「うっそーうっそー。あたしなんか小四でなったよ。だから、こんなにおっぱい大きくなったのかなあ」

デルタは跳ねるような足どりだ。

「じゃあ、妊娠の心配しなくていいんだ。コンドームもいらないんだ。いいなあいいなあ。でもさあ、中三でまだなんて遅いんじゃないの？」

「うるさい」

「ねえねえ、ドラッグストアつきあってよ」

「嫌だよ。なんで」

「いいじゃない。友達いない同士で」

そう言って腕を絡めてきた。腕に柔らかな胸が押しつけられ、いちごガムの匂いがふわりと立った。腕を振り払ったら、思ったよりも乱暴になった。やだ、こわーい、と言いながらもデルタはふざけた笑みを浮かべている。

「頼むからついてくるな」

それどころじゃないんだ、という言葉を飲み込み、デルタから離れた。

予定が変更になったのだ。

夜中にホテルを抜け出すのは中止になった。ホテルからフェリーターミナルまでの移動手段がなかった。バスも電車も終わっているし、タクシーを呼ぶわけにもいかない。そこで二日目の自由時間に決行することになった。フェリーではなくJRを使う。

腕時計を見た。あと三十分で青森駅まで行き、函館《はこだて》行きの列車に乗るのだ。

公園を抜けて、通りに出たところでタクシーに乗った。初老の運転手がバックミラー越しに「修学旅行かい？」と訊いてくる。

「そうです」

「どっから来たのさ？」

「東京です」

「東京かあ。わの娘も東京さいるんずや。嫁さ行ったぎり帰ってこねはんで、もう三年も会ってねじゃ……」

方言のうえ早口で聞き取れない箇所が多かったが、東京に行ったきり帰ってこない娘を恋しがっていることが伝わってきた。

ふと、昨日の早朝を思い出した。修学旅行に出かける前、食卓でおにぎりとみそ汁の朝食をとりながら、もうここには帰ってこない、と誓ったときのことだ。母親は斜め向かいに座り、ねぶた祭って一度見てみたいなあ、とか、十和田湖《とわだ》って大きいんでしょう、とか、浅虫《あさむし》温泉ってどんなところなんだろう、とひとりでしゃべっていた。

眼の前にいる冴《さ》えない太った女の腹のなかに、かつて自分の居場所があったのかと考えても、いまとなっては信じられなかった。今日で最後だ。もう会うこともない。だから訊いたっていいのではないか。

――どうして女じゃだめだったんだ？　妹はよくて、どうして自分はだめだったんだ？

お姉ちゃーん、と泣き声がした。パジャマを着た妹がうさぎのぬいぐるみを抱えて和室から出てきた。お姉ちゃーん、どこ行くのー？　泣きながら訊いてきた。

あらあら、と母親は立ち上がった。愛子ったら寝ぼけてるんだね、大丈夫だよ、お姉ちゃんは旅行に行くだけだから、二回寝たら帰ってくるからね。母親ののん気な声をそのときすでに遠く感じた。

青森駅でタクシーを降り、トイレに直行する。トレーナーとジーパンに着替え、脱いだ制服をバックパックに詰める。母親が買った黒いボストンバッグは貸切バスのなかに置いてきた。キャップを深くかぶりトイレを出ると、待合所のベンチに円条が座っていた。

円条はグレーのスーツに、紺色のストライプのネクタイを締めている。オーダーメイドだろう、袖も裾もぴったりだ。全体を眺めると記念写真を撮る子供なのに、大きな顔は大人びている。

円条に向かって歩き出したら、ざわざわっときた。皮膚が粟立《あわだ》ちながら熱を帯びる。暑さと寒さを同時に感じているような奇妙な感覚。なんだろう、風邪だろうか。

「何しに来たの？」

円条はぽかんとした顔を向けた。

「え？」

「なんでここにいるんだよ」

その視線は、自分からわずかにはずれていた。後ろを見て、

「なんでここにいるんだ？」

円条よりも大きな声が出た。

デルタは、んふふふ、と笑い、ちろっと舌を出した。まぶたに青い色を塗り、くちびるは桃色にてらてら濡れている。

「来ちゃった」

と、語尾にハートマークがついた声で言う。

「なんで……」

自分と円条の声が重なった。

いつ着替えたのだろう。ふくよかな体には小さ過ぎる黒いツーピースを着ている。丸く盛り上がった胸でボタンが弾けそうだ。腹も尻もたっぷり膨らみ、まるで裸を見ている感覚だった。

「鈴木が誘ったの？」

「まさか。……つけてきたのか？」

「どうでもいいじゃない。ねえねえ、ふたりはこのまま駆け落ちするつもり？」

「ちがうよ」

また円条と声がかぶった。

「円条とは途中まで一緒に行くだけだ」

ふうん、とデルタはくちびるを尖らせた。

「じゃあ瑠香も途中まで一緒に行こうっと。三人のほうが心強いもんね。そういうことわざあったでしょ。でも、円条氏と鈴木さんって、みんな知ったらびっくりするね。瑠香はうすうす勘づいてたけど」

デルタから円条に視線を移し、またデルタに戻した。

いままで、背が高いこともあって自分を大人っぽいと思っていた。けれど制服を脱いだいま、この三人のなかでいちばん幼く見えるのは自分かもしれない。

最初は、函館駅で別れるはずだった。

それが三人とも札幌に向かうことになり、「札幌に着いたら別行動」に変わり、最終的には「明日になったら」になった。

札幌駅に着いたのは夜の十時近くだった。

「いまごろ大騒ぎだね。家にも警察にも連絡いったよね」

んふふ、とデルタはご機嫌だ。デルタが笑うと胸がプリンのように揺れ、どこを見ればいいのかいちいち困った。

「ねえねえ、瑠香たち三人一緒にいるって思うかなあ。だって、まるで接点ないもんね」

円条は、青森を出てからほとんどしゃべらない。あんなに得意気に計画を披露していたのに、まるで無理やり連れてこられたかのように表情を閉ざしている。

札幌駅を出て、大きな通りを歩いていった。やがてネオンにあふれたまちに着いた。

「ここ、すすきのじゃない？」

いつのまにか先頭になっているデルタが振り返る。

「補導されないように気をつけないとね。とりあえず泊まるとこ決めちゃおうよ」

コンビニで食べるものを買い、デルタに仕切られるがままホテルに入る。白くライトアップされたラブホテルだ。ホテル・シャトーのネオンが切れて〈ハテル・シャトー〉になっている。

泊まり七千円というのは、ひとり分なのか全員分なのかわからない。デルタがてきぱきこなしてくれた。

こんなに何もできないでこれから大丈夫だろうか。そう思ってすぐに思わなかったことにした。答えはわかっている。大丈夫なわけないじゃないか。

けれど、それを考えたら何もできなくなる。この先何年も、幽霊のままあの家に居続けることになる。

頭のなかに大まかな日本地図を描き、いまいる札幌に印をつける。十四年間暮らしたあの家は、ここからずっと下っていったところだ。それでもまだ、実際の距離ほど離れているようには感じられない。

大きなベッドがある部屋は、窓が真っ暗で開かなかった。ベッドの真上の天井が鏡張りで、風呂場はガラス張りだ。

おもちゃの家の一室に入り込んだようだった。上から母親と妹がのぞき込んでいる気がして、はっと天井を仰ぎ見る。鏡に、ベッドに寝転んだデルタが映っている。漫画を読みながらスナック菓子を食べる姿は、鼻歌が聞こえてきそうなほどくつろいだ様子だ。

「井出はどうして来たんだ？」

そう訊くと、

「収拾つかなくなったから」

と即答する。

「何がだ？」

「えー。全部だよ」

そんなこともわからないのかと呆れた口調だ。

「瑠香ね、嘘つきなの。でも、騙《だま》そうとかいうつもりじゃないんだよ。みんなを喜ばせたり、自分をちょっとよく見せたかったりするだけ。だから、ちょっとずつ小さな嘘をつくの。そうしたら、だんだん大きな嘘つかなきゃならなくなって、気がついたら瑠香の全部が嘘になっちゃった」

そう言って、足をばたつかせて笑った。

「ばかみたいでしょう？　彼氏とかあ、先輩とかあ、もう収拾つかなくなっちゃって。だから、しばらく消えることにしたの」

青森を出てからここに来るまでのあいだで、デルタが世の中の仕組みにすでになじんでいるのが十分見て取れた。彼女と一緒じゃなければ、いまごろ自分と円条は夜の札幌をあてもなくさまよっていたかもしれない。

自分も、デルタのようになれるだろうか。家でも学校でもない場所で、自分の力で生きていけるだろうか。

お金のことを最初に口にしたのもデルタだった。

「ふたりは、お金いくらあるの?」

これまで自分と円条のあいだでは避けていた問題だった。

「六万円」

「円条氏は?」

デルタの問いを円条は無視した。スーツを着たままひとりがけのソファに体育座りしている。

「円条?」

自分が声をかけると、

「十万」

と、ふてくされたように答え、あと親のクレジットカードも、と続けた。

「親のカードかあ。やっぱり金持ちはちがうね。瑠香なんか、あと二万円しかないからさっそく稼がなくちゃ」

「どうやってだよ？」

「決まってるじゃーん」

デルタはベッドの上を転がり、弾みをつけて体を起こした。

「中学生だよ。女子だよ。できることなんてひとつしかないじゃん」

そう言うと、枕元に手を伸ばした。デルタがつまみ上げたものは、初めて眼にするものだった。それでも教わらなくてもわかった。

絶望が押し寄せる。そこまでしないとだめなのか？　そこまでしないと生きていけないのか？

「お金がなくなったら死ねばいいんだよ」

円条がつぶやいた。大きな手の平でみぞおちをせわしなくさすっている。

「無理して生きることない。死ねばいいだけだ」

「そういう人に限って死なないんだよね。他人を殺しても、自分だけは生き延びるってタイプ」

デルタがからかう。

円条は膝のあいだに顔を埋《うず》めた。ひたいに赤みが差している。怒っているのだ。

「瑠香のママも、死にたい死にたいってよく言うけど、いまだにしぶとく生きてるもんね ー」

「やめろよ、井出」

「なんでえ？　あっそっか。円条氏のおばあちゃん自殺したばっかりだったね」

ごめーんごめーん、とデルタは歌うように言った。


六万円は大金だと思っていた。それなのに、たった三日で半分に減った。まず、ホテル代。一日中借りているので、三で割っても一日五千円かかる。食べ物や飲み物にかかるお金もばかにならない。

まだ自分は一円も稼げていない。

アルバイト情報誌に載っていた新聞販売所を訪ねたら、相手にされなかった。求人の貼り紙を見て入った喫茶店では、高校生だと偽わると生徒手帳の提示を求められた。ハンバーガーショップに電話をしたら、未成年は親の同意が必要だと言われた。三ヵ所から断られただけで、世界中から拒絶された気持ちになった。

ホテルに戻ると、円条がひとりがけのソファの上で膝を抱えていた。黒いジャージの上下を着ている。

「井出は？」

訊ねると、黙ったまま首を横に振った。

円条はここに来てから一度も外出していないようだ。ソファの上で体育座りをして、重そうな頭を前後に揺らしている。

「円条、大丈夫か？」

円条はどこか眠たげだ。ゆらゆらゆら。頭の揺れは止まらない。ふいに、くちびるからあぶくが湧き出るような音が漏れた。

ネン、と聞こえた。

「え？　なんだって？」

「ネンてどこまで届くんだろう」

「ネン？」

「念だよ、念。ママの呪術。地球の裏側に行っても届くのかもしれないね。じゃあ僕、どこに逃げればいいんだろう」

抑揚のない声だった。のっぺらとした顔に表情はない。

「何言ってんだ？　自分の居場所を見つけるんじゃないのか？　それなのになんだよ、逃げるって」

「鈴木に何がわかるんですか。ごく普通の家でごく普通に育った鈴木なんかに、僕のことわかるわけないじゃないですか。ママはすごく怒ってる。僕を懲らしめようとしてる。ママの念がここまで届いてるんですよ。離れれば離れるほど強くなってるんですよ」

みぞおちに当ててた右手を開いたり閉じたりしている。布のこすれる音は荒い呼吸に似ていた。

「逃げるんじゃないだろう。探すんだろう」

自分に向けた言葉だった。

「瑠香、ここ出るからね」

アルコールの匂いをさせながら帰ってきたデルタは、そう言ってベッドに仰向《あおむ》けになった。光沢のある灰色のワンピースの胸が窮屈そうに上下している。

「泊めてくれるっていう人見つけたの。大学生。マンションでひとり暮らししてるんだって」

とろけるようにひとりで笑い、エッチだけどいい男なんだあ、とつぶやいた。

デルタだけが、新しい場所で確実に生き直している。自分も円条も、居場所を見つける方法さえ思いつけないでいる。

「鈴木さんと円条氏は？　ずっとここにいるつもり？」

円条は反応しない。ソファの上で膝を抱えて頭をゆらゆら動かし、右手をみぞおちに当てている。

結局、円条は家に帰るのだろう。札幌に着いてからずっとそう思っていた。

ママの呪術とか念とかいろいろ言ってはいるが、ママが怖いだけじゃないか。ママから逃げ出したかっただけじゃないか。円条には帰る場所がある。そこが彼の居場所なのだ。

ふと、まぶたの奥を刺す鮮やかな赤が消えていることに気づいた。

まちがっていない、と自分に言い聞かせる。唾を飲み込んだら、覚悟が腹に落ちてきた。

「井出。明日、買い物つきあって」

デルタが着ているようなワンピース。デルタが履いているようなかかとのある靴。デルタがつけているようなイヤリング。デルタが持っているようなバッグ。ストッキングに、ファンデーションとアイシャドウと口紅。

次の日、買ったものだ。

夕方からすすきののビルを回った。ホステスやフロアレディを募集する貼り紙は、想像以上に多い。

デルタにしてもらった化粧がじわじわと顔を圧迫し、くちびるには石油くささがまとわりついている。かかとのある靴は気を抜くと足首が横に倒れる。生地の薄いワンピースはごわついて動きにくい。

こんな自分が不快だった。けれど、ささいな不快さだ。

「貼り紙見たんですけど」

片っ端からドアを開け、片っ端から追い返された。何度やっても慣れなかった。ドアを開けるときは腰が引けたし、どこを見ればいいのか視線が泳いだし、口は乾き舌はもつれた。

雑居ビルのトイレに入って鏡に向き合う。首から上が白い。照明のせいだろうか、緑がかった不気味な白さだ。眼は黒くふちどられ、まぶたは茶色に塗られている。ピンク色のくちびるはクレヨンで描いたみたいだし、スプレーで立たせた短い髪はハリネズミを連想させた。

――お姉ちゃん、どこ行くの？

妹の声が蘇る。

わからない。どこに行けばいいのか、全然わからない。

洗面台のへりをつかんでしゃがみ込む。

誰か、と呼びかけたら嗚咽《おえつ》が漏れた。誰か、教えてくれ。誰か、助けてくれ。

ああ、そうか。人はこういうとき神様にすがるのか。神様お願いします、と強く祈るのか。

自分が腹にいるとき、母親はずっとこんな気持ちでいたのだ。深い穴に落ちてしまったような、行き先をふさがれてしまったような、眼の前が閉ざされた心地でいたのだ。もうだめだもうだめだもうだめだ、と心が繰り返していたのだ。

勢いをつけて立ち上がり、トイレから出た。

非常階段を駆け下り、隣の雑居ビルに飛び込む。入ってすぐのところに小料理屋ののれんが出ていた。求人の貼り紙を見つけ、考えるよりも先に引き戸を開ける。

「外の貼り紙を見たんですけど」

カウンターのなかに着物を着た女がいた。母親と同じ歳くらいだろうか、髪を大きく膨らませている。

「貼り紙？」

女は含み笑いをした。

「あの、カウンター女性募集って」

だんだん声が萎《しぼ》んでいった。

あらあら、と女は笑みを広げる。

「あなた、いくつ？」

「十八です」

「十八。へえ」

「なに、どうした？」

しわがれた声がして、カウンターの奥からもうひとり女が現れた。海老茶色の着物に割烹《かっぽう》着《ぎ》をつけ、肉じゃがを盛った大皿を持っている。しょう油と出汁《だし》のくっきりした匂いに、胃が反応した。

「貼り紙見たって？」

細い眼がじろりとこっちを向いた。六十歳くらいだろうか。

「ここで働きたいのか？」

はい、と答えた。

「あんた、未成年だろ」

「十八です」

「ふん。十五、六ってところだな」

しわがれ声は、切り捨てるように言った。

「何十年この仕事してると思ってんだ。ガキの嘘なんか、あたしに通用しないよ」

そういえばもうすぐ誕生日だ。来月で十五になる。

「どっから来た？」

「え」

「どうせ家出だろ？」

しわがれ声はカウンターの上に大皿を置いた。肉じゃがには牛肉ではなく豚のバラ肉が使われていた。

耳の下から唾が湧いて喉がひくりとうねった。出ていこうと後ろを向きかけたとき、しわがれ声が小さく笑った。

「そういや、昔もあんたみたいなのが来たよ。わけありな女はたまに来るけど、いかにも家出してきましたってガキはこんな店に来ないで、お色気バーみたいなところに行くからね」

そう言って煙草に火をつけ、すっぽーうと音をたてて吸い込む。

「二十年くらい前かなあ。せっぱつまった顔してたからさ、やくざにでも追われてるのかと思ったよ」

「いちえちゃん」

若いほうが弾むように言った。

「そうそう、いちえ。ちょうどうちの子くらいの歳だったんだよ」

しわがれ声は、煙草を挟んだ指で若いほうを指した。親子だろう、横に広がった頑丈そうな鼻がよく似ている。

「だから、放っておけなくてね。しばらくうちに泊めてやったのさ。どこかの島から来たとか言ってたけど、ほんとかどうか。で、いきなりいなくなっちゃった」

「書き置きがあったじゃない」

「ありがとうございました、ってね」

「なぜか書き置きの上に飴がふたつ置いてあったのよね」

「お礼のつもりだったんだろうな」

ふたりは顔を見合わせて笑った。

しわがれ声の話を聞いているうちに、ひと筋の希望が見えてきた。もしかしたらこの人は、二十年前にしたように自分を泊めてくれるかもしれない。そんな期待が表情に表れたのだろうか、

「昔だからできたんだよ。いまは家出したガキを泊めたら捕まっちまうからね。商売できなくなるよ」

あっさりと言い、煙草をアルミの灰皿に押しつけた。

「めしくらいなら食わせてやれるけど」

「いえ」

「その子は、おにぎりと豚汁をがっついたけどね。時代がちがうのかねえ、食べるものには困らないってことか」

しわがれ声は残念そうだった。

まだ困っていなくても、いずれ、そう遠くないうちに困るだろう。自分が欲しいのはいま食べるものではなく、将来へとつながる切符。お金、仕事、住む場所だ。

ホテルに戻ると円条だけがいた。ソファに座って膝を抱えたまま寝ている。上半身が傾き、半開きの口の片はしによだれが光っていた。眼の下に薄いくまがある。血の気が感じられない顔は、プラスチックでできているようだ。

早く帰れよ、ママのところに。

口のなかでつぶやき、化粧を落とすため浴室に向かった。

「来るなっ」

背後から聞こえた。

ソファに座った円条が宙を見据えている。真っ白だった顔が赤く膨れている。

「おばあちゃん、ごうごう燃えながら僕のほうに来る。両手を伸ばして、僕を抱きしめようとする」

「どうした、円条。大丈夫か？」

「大丈夫じゃない。おばあちゃんが来る」

「夢みたのか？」

「夢じゃないっ。ママは、僕のこと恵まれてるって言う。こんなに小さいのにそれも神様のご加護だって。でも、おばあちゃんはちがうんですよ。ヒカルはかわいそうだかわいそうだって泣くんですよ。僕がこんな体なのは、ママがキリスト教に変えたからなんだって。神様のバチなんだって」

　胃がきゅっと冷えた。

「僕、恵まれてますか？　それともかわいそうですか？　百四十三センチってバチですか？　それとも神様が与えてくれたんですか？」

「バチなんかないっ」

　このピーピーわめく顔のでかいやつの首を絞めてやりたい。もう二度としゃべれなくしてやりたい。円条の声を封じるために自分は言葉を放つ。

「なんで親のバチを、子供が受けなきゃならないんだ？　それなら、なんでバチを受ける子と受けない子がいるんだ？」

円条は膝のあいだに顔を埋めた。頭を激しく揺らしながら呻《うめ》き声をあげる。

円条に背を向け、浴室に入った。乱暴にドアを閉じる。

ガラスに新聞紙を貼り、照明を消してから、ワンピースを脱ぎ、ストッキングから足を抜いた。イヤリングを引っ張ると、耳たぶがちぎれるほどの痛みが走った。

頭のてっぺんからシャワーを浴びる。化粧をした顔は石鹼で洗っても脂っぽさが取れない。いっそのこと皮膚を剝ぎ取ってしまいたい。

――バチなんかないんだっ。

大声で叫びたい。

――バチなんかないっ。

何度言ってもたりなかった。

神様はバチを与えるだけの存在なのか？　自分も、母親も、そんなものに祈っていたのか？

シャワーを止めると、デルタの嬌声が聞こえた。酔っぱらっているのだろう、声が大きい。

「おみやげ買ってきたよう、たこ焼きだよ。ねえねえ、一緒に食べようよ……あれっ、円条氏、泣いてるの？」

デルタはけたたましく笑った。手を叩く音も聞こえた。

「えーっ、カード使えなくなったの？　それで泣いてるの？」

そうか、円条は外に出かけたのか。家に帰ろうとしたのだろうか、それとも居場所を探しに行こうとしたのだろうか。もういい。どうでもいい。

風呂場から出るタイミングがつかめない。なぜだか息を殺している。

「えっ、ちがうの？　それで泣いてんじゃないの？　ふうん。わかんないけど、かわいそ」

らららら、ららら、らららら、らららー。デルタは口ずさみ出した。

新聞紙が剝がれかけたところから部屋の様子をうかがった。デルタは、らららーと機嫌よく歌いながら、ベッドに腰かけてストッキングを脱いでいる。円条はソファで膝を抱えたままだ。

「え、なあに？　やだあ。瑠香、円条氏のうちなんかのぞき見してないよう」

ららら、あなたに会えてっ、よかったねっ、きいっとっ、わったしー。脱いだストッキングを床に放って、デルタはジャケットのボタンをはずしていく。

「ねえ、瑠香のおっぱいさわってみる？」

ボタンは上から三分の一がはずれ、クリーム色のブラジャーが見える。デルタは円条の手を取り、ブラジャーのなかへと導く。くすぐったそうにのけぞり、あーん、と声をあげる。

「ねえねえ、やっちゃおうよ、やろうよう」

ふたりはベッドに倒れ込んだ。

円条が壊れたおもちゃのように動き出す。泣いているのか吠《ほ》えているのか、言葉にならない炸裂音を繰り返す。

やだあ痛いってばあ、とデルタの甘ったるい声。ちょっと待ってよ、あーん、もう。

自分は眼をつぶり、顔をそむけた。まぶたの裏に金色の残像が浮かぶ。十字架だ。

円条の首から十字架のネックレスが垂れていた。まるで生き物のように宙で激しく揺れていた。

神様。と、そのとき円条の祖母の声を聞いた。

燃えながら、かみさまー、かみさまー、と叫んでいる。

神様は、生と死のあいだにいるのだろうか。生と死をつなげる存在なのだろうか。もしそうであれば、生きている母親と幽霊の自分はまだつながっているのかもしれない。

ざわざわする。指の先も、頭蓋のなかも、背中も、尻も、胸の先も。

ふいに腹が熱く痛んだ。あ、と声が出た。

足のあいだからこぼれるものを感じた。指をあてがうとぬめりがついた。

嫌だ、と歯を食いしばる。嫌だ嫌だ嫌だ嫌だ。

お願い、助けて。そう祈りたくなる衝動を抑え、耳をふさぐ。
――どこに行っちゃったんだろうね、おちんちん。
こもった声が頭のなかで響いた。

第三章

# 1995年　四次元冷蔵庫

「ただいまーっ」

声を張りあげながらドアを開け、ひたいの汗をぬぐって「お母さん、お母さん、帰ったよーっ」と靴を脱いだ。

パンを焼く香ばしいにおいがする。このごろお母さんはパンづくりに凝っている。

居間のドアが開いて、お母さんが慌てたように出てきた。

「誰かいなかった？」

声をひそめて訊いてくる。

「誰かって？」

「家の前に。変なひととか」

「いなかったよ。なんで？」

「いないならいいの」

お母さんが不審者を気にするようになったのは、あたしが小学四年生になってからだ。このへんで下着泥棒の被害が続いていることとお父さんが単身赴任していること、そしてなによりあたしが大きくなってしまったからだろう。あたしはまだ胸も膨らんでいないし、初潮も迎えていないけれど、クラスには生理がある子もいるし、ちがうクラスには痴漢にあった子だっているらしい。

居間にはおいしいにおいがたちこめている。パンはまだオーブンのなかだ。

「きょうはなにパン？」

「チョコチップパン。でも、失敗したかもしれない」

そう言って、お母さんは恥ずかしそうに笑う。

「ねえ、変なひとってどんなひと？」

ランドセルを置いて窓に近づいた。

「だめっ」

鋭い声に振り返った。

「ほら、最近ぶっそうだから。サリンとか」

「えっ、サリン？」

「じゃなくても、変なひと多いから。パン焼けるまでいちご食べる？」

「食べる」

「いい？　知らないひとに声かけられても、絶対についていっちゃだめだよ。話しかけられても無視すること」

お母さんは用心深い。二日に一度は「知らないひとに声をかけられても」と口にする。知らないひとに扮《ふん》したお母さんを相手に、逃げ方を練習したこともある。

ねえ、きみ、とお母さんは声を低くした。きみ、愛子ちゃんだよね？

なんで名前知ってるの？　そう訊ねると、ブーッ、とお母さんは手でバッテンをつくった。そんなこと訊いちゃだめ。なに言われても無視するの。走って逃げるの。わかった？

でも、あたしの名前を知ってるなら、知らないひとじゃないよね。

そう抗議すると、お母さんは、ちがうちがう、と首を横に振った。

名前くらい簡単に調べられるんだから。知り合いのふりして近づいてくるひとだっているの。

やり直しをさせられた。愛子ちゃん愛子ちゃん、という呼びかけに耳をふさいで廊下に走りでると、今度は満点だった。

「やっぱり失敗しちゃった」

お母さんが取りだしたパンは、疲れ果てたようにへったり萎《しぼ》んでいた。

「こんなんだけど食べてみる？」

食べたくない、とは言えない。

昨日はくるみパンだった。その前はチョココロネ。その前はぶどうパン。その前は、忘れた。そろそろ飽きてきた。けれど、飽きてきた、とも言えない。

誰にも言ったことはないけれど、あたしの望み。それは、ずっと小さなものでいることだ。けれど、その望みを内側から食い破るように体は大きくなっていくし、なにより心が背伸びしていく。

小学校に入ったばかりのとき、女子のあいだで手づくりのお守りが流行ったことがある。ピンクや赤のかわいくて小さな袋を、みんな首から下げたりポケットに入れたりして肌身離さず持ち歩いた。

自分はこれだ、とそのとき思った。お母さんにとって、自分はこのお守りと同じようなものなんだ。小さくて、女の子らしくて、いつも一緒にいる。あまりにもはっきりわかって息がつまった。そのあと、どきどきした。

ちょうど、八つ上のお姉ちゃんが家出をしたころだった。中学校の修学旅行を抜けだして北海道まで行ったのだ。

もう自分しかいない、とそのとき思った。もうどこにも行けない、とも思った。どうしてだろう、いつからか自分がお母さんの体のなかで生きている命のような気がしている。

水分の多いパンを嚙みながら時計を見た。三時になったばかりだ。このごろ、家にいると時間がたつのが遅い。おやつを食べて宿題をしてテレビを見て晩ごはんを食べてお風呂に入る、その合間合間に退屈になる。前はこんなことなかったのに。

お母さんとしゃべることがもっとたくさんあった。お母さんといるのがいちばん楽しかった。でもいまは、金管クラブに入りたい。スイミングスクールに通いたい。放課後、友達ともっと遅くまで遊びたい。千鶴《ちづる》ちゃんちに泊まりに行きたい。

お母さんを裏切っている気持ちになる。体も心も、かわいいままじゃいられない。いつか小さな袋に収まりきらなくなってしまう。そう予感すると、それだけで袋を破りかけている気持ちになった。

「ほら、あの工場の跡地」

思い出したようにお母さんが言う。

「ジュース工場のこと？」

「そう。学校で聞いた？」

「なにを？」

「あそこ、変質者が出るらしいって」

「えっ、それほんとなの？」

「怖いね」

眉を寄せたお母さんは情けない顔になった。

「絶対に近づいちゃだめだよ」

そう言って、眼の真ん中に力を入れた。それでも眉がしょぼんと下がって、どこか泣きそうに見える。

あたしもこんな顔なのか、とため息をつきたくなった。きりっとした表情をつくろうとしても、力の入れどころがわからない。

あたしは母親似だ。ウリフタツらしい。近所のおばさんやクラスのお母さんたちにさんざん感心されてきた。幼いころはぴんとこなかったけれど、いまならよくわかる。

丸くて白い顔は、暑くても寒くても頰だけすぐ赤くなる。眼はみかんの房みたいな形で、黒い部分が目立つ。でも、それはまだいい。体型だけは似たくなかった。手も足も首もむちむちと弾力があって、つきたてのお餅を丸めてくっつけたみたいだ。

あーあ、と心のなかでうなだれてから、はっとした。へたへたのパンをいつのまにか三個も食べていた。

「三つも食べちゃった」

そう言うと、お母さんはにっこりした。

「愛子は育ち盛りだもの」

いいの？　と訊きたくなる。

ほんとうに育っていいの？　これ以上大きくなってもいいの？


ジュース工場の噂はいろいろあった。

いちばん多いのは幽霊が出るというもので、ほかには四次元の世界への入り口があるとか、ホームレスが住み着いているとか、お母さんが言ったように変質者がいるというのもあった。

ふわふわとした噂に大人の声が加わると、一気に真実味が強まる。

「やっぱり？　あそこ出そうだもんね」

千鶴ちゃんは驚かなかった。

「あ、あそこで自殺したひといるんだよな。だから出るんだよ」

勘違いしたブッチーがまくしたてた。

「ちがうよ。いま変質者の話してるんだよ」

あたしは言った。

「ああ、で、でも、幽霊も出るらしいぜ」

ブッチーは口に唾をいっぱい溜める。最初の一音を発するとき唾のしぶきを噴射するから、近くにいるときは顔を遠ざけないと危ない。

「ブッチー、幽霊見たことあるの?」

千鶴ちゃんが訊いた。

「ないけど、金縛りにあったことならあるよ」

得意げに言ったブッチーの唾が鼻先をかすめた。

「金縛りと幽霊は関係ないらしいよ」

それまで黙っていた芳賀《はが》くんが口をひらいた。

「なら、芳賀は金縛りにあったことあるのかよ」

「ないけど」

「ほら」

と、なぜだかブッチーは鼻の穴を膨らませていばる。「あ、おげっ」

そんなブッチーに後ろから体当たりして首を抱えこんだのはキャプテンだ。翼木《つばき》くんは、サッカー部でも野球部でもないし、部長や委員長をしているわけでもないのに、みんなにキャプテンと呼ばれている。

「じゃあ、今度みんなで行ってみようぜっ」

「ど、どこにだよ。放せよ、苦しいって」

「だから、ジュース工場。噂がほんとかどうか確かめようぜ。なあ、デブッチー」

「デデ、デブッチーって呼ぶな」

じゃれあうふたりを、芳賀くんはにこにこと眺めていた。

放課後、あたしは千鶴ちゃんと一緒に帰った。

キャプテンと芳賀くんとブッチーは、三人とも金管クラブだ。金管クラブはうちの学校でいちばん人気がある。

このあいだ、春の交通安全フェスティバルではじめてパレードを見た。四十人くらいが金色に輝く楽器を抱えて、お腹に響く音を奏でながら警察署から地区センターまで行進した。胸をそらし、足並みをそろえて歩く姿は格好よかった。ロマンスの神様ととなりのトトロとアンパンマンのマーチは、あたりの空気を震わせてから青い空へと昇っていった。

おそろいの赤いTシャツを着て、金色の楽器を抱えて、胸を張って芳賀くんの横を歩いている自分の姿を想像してみた。胸のなかに子猫がいるみたいにきゅーんとなった。

金管クラブに入りたい。でも、週に四回練習があって、帰りは五時くらいになるらしい。そうしたらお母さんと買い物に行ったり、おやつにパンを食べたりできなくなる。

「愛ちゃん、泊まりに来るでしょう？」

千鶴ちゃんが訊いてきた。

神社の鳥居が近い。鳥居の前で、千鶴ちゃんは右に曲がり、あたしは神社のなかを通って帰る。

「うーん、どうしようかな」

「美々《みみ》ちゃんは来るって言ってたよ」

「え、美々ちゃん？」

「うん、誘ってないんだけどね」

千鶴ちゃんはくすくす笑った。

千鶴ちゃんちの庭にテントを張って、ふたりでキャンプごっこをしようという話になっていた。

「あたしたちがしゃべってるの聞いてたみたい。愛ちゃんがいないときに、あたしも行っていい？　って言ってきたの」

美々ちゃんはちがうグループなのに、四年生になってからなにかと千鶴ちゃんに近づくようになった。

「美々ちゃんとふたりきりなんて嫌だから、愛ちゃん絶対来てよ」

そう言われて嬉しくなった。

「うん。お母さんに訊いてみる」

心配なのは、お母さんが「だめ」と言うことじゃない。ものすごく楽しかったらどうしよう、ということだ。一回のお泊まりが、かわいくて小さなお守りの袋に穴をあけることにならないだろうか。袋から転がりでてしまったら、お母さんからどんどん離れていってしまう気がする。

ただいまーっ、と大きな声をだす気分じゃなかった。

無言で居間のドアを開けると、食卓に座っているお母さんが見えた。流し台を背にして、テレビに顔を向けている。けれど、ワイドショーを見てはいない。お母さんはぼんやりしていた。それなのに、まばたきをした瞬間だけ泣くのを堪えているような顔になった。

お母さんの後ろに、薄い乳白色のおばあさんがいる。

お湯のなかに広がる入浴剤のような、霧を人形《ひとがた》に流しこんだような、あわあわとした質感。

このおばあさんは、たまにしか現れない。あの恐ろしいもののようにいつもいるわけじゃない。

お母さんの背後にぴったりくっついて立っている。

乳白色のおばあさんをはじめて見たのは、小学校に入る前だった。

夜中トイレに起きたら、隣で寝ているはずのお母さんがいなかった。わずかに開いたふすまのあいだからのぞくと、いまと同じように食卓にお母さんが座っていた。台所の豆電球の橙色が、流し台や冷蔵庫や食器棚を影の濃淡にして照らしていた。

お母さんのすぐ後ろに、小柄なおばあさんが立っていた。驚かなかった。あ、いる、と思っただけだ。

驚いたのは、お母さんのくちびるが動いたことだ。なにを言っているか聞きとれなくても、おばあさんに話しかけていることは感じられた。

お母さんにも見えるの？　いま、おばあさんとしゃべってたよね？　そう言いたくて勢いよくふすまを開けた。

お母さんはびくんと立ちあがった。その瞬間、乳白色のおばあさんは消えた。

「どうしたの？　トイレ？」

慌てて電気をつけたお母さんの顔が妙に薄っぺらく見えた。

「それとも怖い夢でもみた？　お母さん、なんだか眼が覚めちゃってホットミルクでも飲もうかと思ってたの。愛子も飲む？　それともココアがいい？　ほら、まずはトイレに行っておいで」

あたしの言葉を封じこめるように、お母さんは戸棚に手を伸ばしたり冷蔵庫を開けたりしながらまくしたてた。

お母さんにも見えるの？　と確かめたい気持ちが喉でもぞもぞしていた。けれど、お母さんが拒んでいた。

あたしには、ここにいるはずのないひとが見えることがある。ガードレールに座っている男のひと、暗い窓から外を見おろしているおじいさん、公園の砂場で遊んでいる女の子。いるはずのないひとがいても、それを口にしてはいけないことはすでに知っていた。

「お母さん、ただいまっ」

声をかけたら、おばあさんはすうっと消えた。

「あ。おかえり」

立ちあがったお母さんはバネじかけの人形のようだった。あたしを見ているはずなのに、眼の真ん中がぼやけている。

「今度の土曜日、千鶴ちゃんちに泊まりに行ってもいい？」

ひと息で告げた。

「あ。うん。行っておいで」

あっさりと答える。

「え、いいの？」

「え。あ。うん、いいよ」

なんだかちぐはぐだった。お母さんに、あたしの言葉が届いていないみたいだった。


土曜日は朝から雨だった。

庭でのテントは中止にして、千鶴ちゃんの部屋で過ごすことになった。

「ねえねえ、好きなひといる？」

美々ちゃんが訊いたのは、布団の上に寝そべって漫画を読んでいたときだ。さっきから美々ちゃんは、千鶴ちゃんばかりに話しかけている。

「美々ちゃんは？」

千鶴ちゃんは訊き返した。

「えー、あたしぃ？」

漫画を閉じた美々ちゃんの声は、なぜか嬉しそうだ。

「しいて言えば、キャプテンかな」

やっぱり、と思った。

「どこが好きなの？」

千鶴ちゃんが訊くと、えーっ、と美々ちゃんはますます嬉しそうになった。

「まずやさしいでしょ。なんか特にあたしにやさしいみたいなんだ、金管クラブのときとか。

ううん、あたしじゃなくて、みんながそう言ってるの」

「美々ちゃん、金管クラブなの？」

あたしが訊くと、美々ちゃんはやっとこっちを向いた。

「そうだよ。こないだ入ったの」

そう答えて、思い出したようにくっと笑う。

「愛ちゃんはブッチーだよね？」

細い眼をおもしろがるようにつりあげた。

「好きじゃないよ」

あたしは慌てて答えた。

「でもお似合いだよ」

美々ちゃんの眼はどんどんつりあがっていく。

「似た者夫婦、だっけ？　そういうのあるよね。ブッチーと愛ちゃんなら、お似合いの似た者夫婦になりそう。ね、千鶴ちゃん」

「そうかな」

千鶴ちゃんは漫画から顔をあげない。

「ねえねえ、ブッチーまた太ったよね。百キロとかあったりして。実はあたし、愛ちゃんとブッチーつきあってると思ってたんだー」

「つきあうわけないよ」

声が震えた。こめかみがどくどく脈打っている。

美々ちゃんなんてキツネみたいな顔してるくせに、と言ってしまいたい。でも、言ったらいまよりも嫌な気分になるのがわかっている。

「あたしだけに言わせて、ず、る、いー」美々ちゃんは足をばたつかせた。「千鶴ちゃんは好きなひといないの？」

「キャプテンかな」

「えっ」

美々ちゃんの声が裏返った。

「あたしもキャプテンがいいな」

千鶴ちゃんの言い方は、好きな食べ物を口にするように潔かった。

キャプテンはクラスでいちばん人気がある。明るくて、おもしろくて、勉強ができる。誰にでも気軽に声をかけて親友のようにしゃべる。キャプテンと仲がいいからブッチーはいじめられないのだとあたしは思っている。

愛ちゃんは誰が好き？　と訊かれたらどうしよう。美々ちゃんのように「しいて言えば」

芳賀くんだ。でも、好きってわけじゃなく、ちょっと気になるくらいだ。男子を好きになったら、小さな袋を一気に突き破って、お母さんの手の届かないところまで飛んでいってしまいそうだ。だから、好きなひとはいない、って答えよう。そう決めたのに訊かれなかった。

「千鶴ちゃんはキャプテンのどこがいいの？」

文句を言うような美々ちゃんの声。

「キャプテンって、家事が得意なんだって」千鶴ちゃんはあごまでの髪を耳にかけた。「ごはんもつくるし、掃除も洗濯もするらしいよ。夏に汗だくになってアイロンかけるのが快感なんだって」

「そんなこと誰から聞いたの？」

「本人。ほら、キャプテンちお母さんいないでしょ。だからお兄さんと交替で家のことやってるんだって。あたし将来、学校の先生になって定年まで働きたいんだ。だから、家事ができるひとがいいの」

将来のことを、まるで夏休みの計画を立ててるみたいに具体的に考えている。そのことに驚いた。将来について考えることは、見たことのない風景をスケッチするようなものだ。大人になった自分を、あたしはまったく想像できない。

「美々ちゃんは？　将来なりたいものはあるの？」

あたしは訊いた。

「前はモデルになりたかったけど、一重《ひとえ》だし色黒いからあきらめた。いまはファッションデザイナーかな」

あたしにはなりたいものがない。というより、お母さんがあたしをなにかにするのだとぼんやり思っていた。

将来を決めるのは自分なのか。あたしは、あたしのなりたいものになれるのか。でも、お母さんのなかにある命である限りなににもなれないんじゃないかな。

自立、という言葉が浮かんだ。


次の日、千鶴ちゃんのうちから帰ると、門のところでお姉ちゃんと会った。

玄関から出てきたお姉ちゃんは黒いキャップを目深にかぶり、顔の上半分が陰になっていた。大きめのTシャツとはき古したジーンズで、肩にリュックをかけている。一瞬だけ見ると痩せた男のひとみたいだ。

「お姉ちゃん、どこ行くの？」

無視された。あたしが見えていないみたいに、とがったあごをあげ気味にして前を向いたままだ。すれちがうとき、煙草のにおいがした。

あたしの記憶のなかで、お姉ちゃんはいつのまにかそこにいるひとになっている。

ごはんのときはいつのまにか食卓の一角にいるし、いつのまにか学校から帰ってきているし、お母さんと出かけたときにいつのまにか背後にいたこともあった。ひっそりとただそこにいる姿は、乳白色のひとたちから感じる雰囲気に似ていた。

乳白色のひとたちがここにいるはずのないもののように、お姉ちゃんもいずれどこかに行くような気がずっと前からしている。だから、修学旅行の途中でいなくなったと聞いたとき、もうこのうちには戻ってこないのだと思った。お姉ちゃんは、お姉ちゃんが行きたいところに行ったんだ、と少しうらやましくなった。

連れ戻されたお姉ちゃんは、自分の部屋に閉じこもるようになった。高校生になると、家にいることが少なくなった。たまに顔を合わせることはあっても、視線が合うことはない。

理由はわからないし、心あたりもない。お姉ちゃんがここから離れていこうとするのは、あたしのせいじゃない。それなのに後ろめたい気持ちになる。

それはお父さんのことがあるからだ。お父さんがこのうちから離れていったのは、たぶんあたしのせいだ。

ここにいるはずのないものを幽霊と呼ぶのなら、あたしがたまに見る乳白色のひとたちも幽霊なのだろう。

＊

いるはずのないものが見えても怖くなかった。それはただいるだけだと、誰かに教わった気がする。こっちがなにもしなければ向こうもなにもしないとはじめから知っていた。

ただ、ひどく恐ろしいものもいる。

それは毎晩お父さんと一緒に帰ってきて、毎朝お父さんと一緒に出かけていった。お父さんの首に、蛇のように巻きついていた。いつも一緒だったから、お父さんの友達なのかと思っていた。それでも怖さのあまり泣きだしてしまうことが何度もあった。

血まみれの男だ。頭がぱっくり割れている。流れる血が顔に赤い筋をつくっている。いびつにひらいたくちびるのはしからも血が垂れて、お父さんの肩にぽったぽったと滴り落ちる。

いちばん怖いのは眼だ。見ひらいた両眼いっぱいに鮮血が膨らみ、黒眼も白眼もわからない。まばたきすると血がこぼれ落ちそうなのに、一瞬たりとも眼をとじることはない。

みんなそのひとがいないようにふるまった。お父さんは、そのひとを巻きつかせたままごはんを食べたりテレビを見たりあたしを抱きあげたりした。「いやだいやだ」と眼をつぶり体をよじったことを覚えている。

お父さんとそのひとが帰ってくる少し前から、体のなかが凍えるようになった。吐く息が冷たくなり、背中に鳥肌が立った。

「お父さん、もうそのひと連れてこないで」

ある晩、我慢できずに言った。

「なんでいっつもおんぶしてるの？　なんで血だらけなの？　そのひと、すごく怒ってるよ」

そのとき、お父さんがどんな反応をしたのかわからない。ものすごい勢いでお母さんに抱きしめられたからだ。

お父さんが帰らなくなったのは、その夜がきっかけだと思う。たまに帰ってきても、あたしが寝ているときだ。

小学校に入ると、お父さんは単身赴任をしているとお母さんから説明された。だから年に数回しか帰れないのだ、と。クラスのなかにもそういうひとは何人かいた。けれど、電車で二時間もかからない場所に単身赴任しているお父さんはいない。

＊

ジュース工場の跡地に四次元冷蔵庫があるらしい。

その噂は最初、聞く相手によって細かい部分がちがったけれど、この世とあの世をつなぐ乗り物、というのが基本だった。あの世じゃなくて地獄だとか、悪いことをしたひとだけが連れていかれるとか、ジュース工場はもともと墓地だったとか、ばらばらだった尾ひれもしだいにすっきりまとまっていった。

完成形は、四次元冷蔵庫に入れば死んだひとの世界に行ける。反対に、死んだひとが冷蔵庫に入れれば生き返ることができる。そうやって四次元冷蔵庫は、たくさんの死んだひとをこの世に運んでいる。だから、もしまちがって死んでしまったら、あの世で四次元冷蔵庫を探せばいい。そうしたら生き返ることができるから、と噂ではそういうことになっていた。

「ばかみたい」

千鶴ちゃんは薄く笑う。

「あるわけないって。なあ、芳賀」

キャプテンは笑い飛ばし、

「うん、ないよなあ」

芳賀くんも本気にしていない。

「えー。そうかなあ」

美々ちゃんは、そんな三人に不服そうだ。金管クラブに入ったのをきっかけに、美々ちゃんはいつのまにかあたしたちといるようになった。

「おれは信じる派だな。だ、だっておれ、金縛りにあったことあるし」

ブッチーは唾を飛ばしながら言う。

「よし、確かめに行こうぜっ」

キャプテンが、ブッチーの首に腕をまわした。えっ、と固まったブッチーを振りまわしながら、怖いのかよ？　とふざける。

「前から、行こうぜって言ってただろ。ちょうどいいから、ほんとにそんな冷蔵庫があるかどうか見てこようぜ」

「えー、怖ーい。でも、行ってみたーい」

美々ちゃんは乗り気だった。

どうしよう。ジュース工場の跡地には近づいちゃいけないと、あれほどお母さんに言われている。

「じゃあ、行ってみようか」

千鶴ちゃんに笑いかけられて、うろたえた。

「でも、あそこ、変質者が出るんでしょ。行っちゃだめだって、お母さんに言われてないの？」

「親の言うことなんかいちいち守るわけないでしょう」

ねえ、とのぞきこむ千鶴ちゃんが大人びて見えた。そうだ、千鶴ちゃんは将来のことを自分で考えているひとなんだ。

「そうだよね。守るわけないよね」

そう返したら、やましさとすがすがしさを同時に感じた。

金管クラブが休みの水曜日に行くことになった。

ジュース工場の跡地に行くには、あたしの家の前を通る。右側にキャベツ畑が広がるゆるやかな坂道を下っていき、国道を渡ったところに工場の跡地はある。小学校に入ったばかりのころ、まだ工場は動いていた。社会科見学に行ってりんごジュースをもらった覚えがある。それなのに、いつ閉鎖されたのかは記憶になかった。

みんなで行動するとひやかされるから、男子と女子に分かれた。待ち合わせ場所は、国道にぶつかる手前の無人の野菜直売所のなかにした。

あたしの家の前を通らないように遠まわりして行くと、野菜直売所のなかにはすでに男子がいた。キャベツの切れ端が残っている平台に三人で腰かけている。

「ここ、すげえ涼しいのな」

そう言ったブッチーのひたいとこめかみから幾筋もの汗が流れていた。あたしも同じくらい汗をかいているかもしれない。急いでポケットからハンカチを出して、ほてった顔を拭いた。うす暗い野菜直売所から眺めると、アスファルトも木々も電信柱もまばゆいひかりのなかにあった。

野菜直売所を出るとき、坂の上を振り返った。お母さんの言いつけを破ろうとしているあたしは、自立に近づいているのかもしれない。

ジュース工場の跡地は、水色のフェンスで囲まれていた。ところどころに〈立入禁止〉と赤い文字のプレートがぶらさがっている。けれど、正面の門の鍵は壊れているし、フェンスには大きな穴があいているから、苦労なく入ることができた。

ジュースの空き瓶が入った箱が、塔のように積みあげられている。陽射しがあたった空き瓶は、強いひかりを放っていた。橙色の瓶。緑色の瓶。透明な瓶。瓶のなかに太陽の粉が入っているみたいにまぶしい。少し離れて見あげると、ガラスの城塞が連なっている架空の国に紛《まぎ》れこんだ気がした。

広い敷地には、体育館を縦にふたつつなげたくらいの建物が三棟建っていた。どの建物も、壁に落書きがいっぱいある。

「ゆ、幽霊が出るってほんとかな」

ブッチーが興奮したように言った。

「やだあ、怖い」

美々ちゃんがキャプテンを振り返る。

千鶴ちゃんのうちに泊まった夜、「キャプテンは千鶴ちゃんに譲るよ」と美々ちゃんは言ったけれど、譲る気がないことは明らかだ。

このあいだ、クラスの女子に言われた。「よく美々ちゃんと仲良くできるよね。男子の前で態度変わるし、嘘つきじゃん」

キャプテンを振り返ったときの美々ちゃんは、つりあがった眼をまるくしていた。声はきいんと高かった。あたしはどうなんだろう。あんなふうな眼と声だったら嫌だな。そう考えると、芳賀くんとしゃべることも眼を合わせることも怖くなる。

建物のなかに、芳賀くんとキャプテンと千鶴ちゃんが入っていった。芳賀くんのうなじを見つめると、見ちゃいけないものをのぞき見ているようでどきどきした。

芳賀くんのことは、四年生になる春休み、スーパーの前で将棋倒しになっていた自転車を一台ずつ起こしているのを見かけてから気になりだした。倒れていた自転車のせいで、車椅子のおばさんが通れないでいた。あたしの視線に気がついたお母さんが、どうしたの？　と訊いてきた。知られたくない、ととっさに思った。自転車を起こしていた芳賀くんのことも、そんな芳賀くんを見ていたあたしのことも。

「いやーっ。みんな待ってー」

美々ちゃんが三人を追いかけて建物のなかに入っていった。

あたしの横で、ブッチーが荒い呼吸音をたてている。でっぷりとしたお腹が呼吸に合わせて膨らみ、段になった首にはあせもができていた。

「あのね、ブッチー。どこかの国では太ってるひとのほうが格好いいんだって」

このあいだテレビで見たことを教えてあげたのは、暑さにあえいでいる姿が気の毒になったのと、太っていることを気にしないでほしかったからだった。

「よかったな、鈴木」

すぐに返されてびっくりした。

恥ずかしいのと腹が立ったのとで、ブッチーを残して建物のなかに走っていった。

なかは、がらんどうだった。錆《さ》びた階段があり、高い位置に回廊がある。コンクリートの床には、割れたガラスや菓子パンの袋や吸い殻が落ちていた。埃と黴《かび》の混じったにおいがする。

「冷蔵庫、どこにあるんだろう」

千鶴ちゃんの声が聞こえたけれど、あたしの頭はブッチーの「よかったな、鈴木」という声でいっぱいだった。あたしはブッチーに慰められるほど太っているんだろうか。芳賀くんにも太っていると思われているんだろうか。そう考えると泣きたくなった。

お母さんのせいだ、と思った。お母さんが太っているからだ。お母さんがごはんとおやつをいっぱい食べさせるからだ。その証拠に、お母さんと一緒にいないお姉ちゃんはあんなに痩せているじゃないか。

歩くたびに、運動靴の底がざりざり鳴った。胸のなかにも、熱い砂がこすれるようなざりざりとした感触があった。

建物を出て、さらに奥へ向かった。

建物の裏手は駐車場だったらしく、白いラインがいくつも引いてあり、そこにも空き瓶の入った箱が積みあげられていた。

「あった」

先頭を歩いていたキャプテンが指をさした。

空き瓶の箱と並んで冷蔵庫はあった。鈍い銀色で、それほど古そうには見えない。

「おおっ。ほんとにあったな」

芳賀くんが珍しく高ぶった声をだした。

「これに死体が入ってれば、噂はほんとってことになるけど」

千鶴ちゃんは冷静だ。

「死体じゃなくて幽霊でしょ。あの世から来るんだから」

と、美々ちゃん。

冷蔵庫は手をあげてやっと届くくらいの高さで、ドアがふたつついている。上が小さく、下が大きい。たぶん上が冷凍室で、下が冷蔵室だろう。

「ただの冷蔵庫だよね」

「幽霊より死体のほうが嫌だなあ」

「赤ちゃんの死体とかね」

「そうしたら警察に知らせないとな」

「じゃあ、学校にもばれちゃうよ」

「大丈夫だよ。なにも入ってないって」

「つ、冷たいジュースが入ってたりして」

ブッチーがふにゃふにゃと笑った。無視されたことに気づかず、ね、ね、ね、入ってたりしてね、としつこい。

「コンセントがないんだから冷たくなるわけないでしょ」

美々ちゃんは叱る口調だ。

プラグのついた黒いコードがアスファルトにうねって、ちょっと蛇っぽい。

「じゃあ、開けてみる？」

あたしが言うと、みんな一気に静まった。ブッチーの唾を飲みこむ音がやけに大きく聞こえた。

「え、どうしたの？」

「愛ちゃん、怖くないの？」

そう訊いてきたのは美々ちゃんだ。

「なにが？」

「幽霊とか」

「別に」

だって、こっちがなにもしなければ向こうもなにもしてこないと知っている。

「ふうん。強いね。女子っぽくなーい」

あたしは冷蔵庫のドアを引いた。

美々ちゃんが短い悲鳴をあげる。

なかはからっぽだった。白い内壁のあちこちに赤茶色いしみがあり、生ごみとプラスチックのにおいが混じりあっている。

ほらな、と笑ったのはキャプテンだ。千鶴ちゃんは、やっぱりね、とつぶやいた。みんなの体から力が抜ける音が、ほっ、と聞こえたようだった。

「よおよお。おまえらも四次元冷蔵庫見にきたのか？」

帰り際、ちがうクラスの男子たちと出くわした。

「どうだった？　あったか？」

「まあ、あったけどな」

キャプテンが答えた。

「どっち？」

「あっち」

「よし。行ってみようぜ」

バットやグローブを持った男子たちは、敷地の奥へと走っていった。

「夜じゃないとだめなんじゃない？」美々ちゃんが言いだした。「だって幽霊が出るのって夜に決まってるでしょ」

そんなことない、と言いたかった。朝も昼もいるんだよ、夜になると見えやすくなるだけなんだよ。

野菜直売所でみんなと別れて帰ると、お母さんが家の前に立っていた。あたしに気づいて手を振りながら走ってくる。ほてった顔から汗が滴り落ち、髪は水をかぶったみたいに濡れている。

「どうしたの？」

蒸《ふか》しすぎた肉まんのような姿にびっくりした。

「どうしたの？」

と、お母さんも訊いてきた。

だって、と同時に言った。

「だって」とお母さんは言い直し、「遅いから」と喉のつかえを取るように声をだした。

「今日は五時間目まででしょ。それなのに遅いからなにかあったのかと思って、その辺ずっと探しちゃった」

クリーム色のTシャツの脇と胸もとが汗で変色している。肌に張りついた薄い生地を透かして、肉のつながりがわかる。いまにも熟れ落ちそうな胸。そこからにおう女くささ。

いやらしい、と強く感じた。生まれてはじめての感情だった。

「あ」

と、口がひらいた。なにを言うつもりか自分でもわからなかった。

「あたしは、お母さんのものじゃないのっ」

自分の声が鼓膜を震わせた瞬間、心も体もぐんと伸びてなにかを突き破った感覚があった。

食卓を見て、あっと思い出した。けさ、お母さんと約束した。学校から帰ったら一緒にドーナツつくろうね、と。

食卓には、小麦粉や砂糖や卵が用意してあった。

見なかったことにして、階段を駆けあがる。いますぐ下に行ってあやまれば、袋の綻《ほころ》びを修復できる気がした。その反面、綻びを広げてしまう気もした。


海に行こう。

いきなりお母さんが言った。

夏休みも半分を過ぎた朝だった。起きて、パジャマのまま居間に行くと、

「愛子、海に行こう」

と、食卓からお母さんが声をかけてきた。

「いつ？」

「いま」

「え、いま？」

「そう。いますぐ」

まるで忘れ物を思い出したようにお母さんはあたふたと立ちあがり、和室に入ると押し入れから旅行バッグを取りだして、洋服やタオルをつめていった。

夏休みに入る前、あたしは金管クラブに入った。お盆の時期で、練習は一週間休みだ。あたしはまだ、ドーナツをつくる約束を破ったことをお母さんにあやまっていなかった。けれど、ほんとうにあやまりたいのは、あたしはお母さんのものじゃない、と言ってしまったことだ。そして、それが本心から飛びだしたことに、後ろめたさを消せないでいた。

お母さんはなにもなかったようにふるまっているけれど、ほんとうに気にしていないのか、わざとそうしているのかわからなかった。

海に行こう、と言われてから一時間もしないうちに家を出た。

太陽はまだ空の斜めにある。蟬の鳴き声もひかえめだ。

お母さんはあたしの手を引いて、約束の時間に遅れそうとばかりに歩いていく。お尻を突きだし、前のめりになっている。

「どこに行くの？　鎌倉のほう？　千葉のほう？　それとももっと遠く？」

電車に乗ってから訊いた。

「日本海」

そんな答え方をされても、どこなのか見当もつかない。

「千鶴ちゃんはハワイに行くんだって」

へえ、とつぶやいたお母さんの白い頰に汗がひと筋流れていた。

どこに行くのか決めていないんだ、と思いあたったのは、ターミナル駅の売店でお母さんが日本地図を買ったときだ。横顔がこわばって見えた。行き先決めてないの？　と投げかける隙がなかった。

電車を二回乗り換えたところまでは覚えている。お母さんに起こされて降りたのは、地味で小さな駅だった。

潮風が吹き抜ける通りを歩いているうちに、あたしたちの後ろをついてくるものがあった。そっと振り返ると、あの乳白色のおばあさんがいた。お母さんがあたしの手を引き、前を向かせる。どこに泊まろうか、と訊いた声はすかすかしていた。

家を出たとき真っ青だった空は、陽射しをぼんやり孕《はら》んだ雲に覆われている。潮のにおいと湿った空気に、知らない場所にいる心細さを感じた。

「お母さん、駅弁おいしかったね」

ほんとうは、お母さん、ここどこ？　と訊きたい。

「ね。おいしかったね」

お母さんは前を見たまま、すかすかした声をだす。

通りの正面に薄灰色の海が見えた。

「お母さん、海だよ」

お母さんは返事をしない。こわばった頬が、海と同じ色に映った。

あたしは顔を後ろに向けた。乳白色のおばあさんは、お母さんのすぐ背後まで来ている。

たぶん夕方に近い時刻。砂浜には誰もいない。波打ち際にいくつもの海草が打ちあげられている。

冷たそうな海だ。ゆるやかな湾になっていて、斜め右の遠くに街が見える。

「これ、日本海？」

そう訊いた瞬間、お母さんは旅行バッグを放ってしゃがみこんだ。そのまま砂の上にお尻をつき、両手で顔を覆った。まるい肩が小刻みに跳ねている。うっくうっくと嗚咽が漏れる。

「お母さん、どうしたの？」

腕にさわると、手のひらが吸いつきそうなほどべたついていた。

お母さんの嗚咽に反応するように、乳白色のおばあさんの輪郭がかすかに震えた。

「え、なあに？」

泣き声のあいだから濡れた声が聞こえた。途切れ途切れになにかつぶやいている。

「ワニ？」

そう聞こえた。

「ワニがどうしたの？」

あたしはお母さんをのぞきこんだ。

……わい……わいよう、こわいよう、こわいよう。怖いよう。

はっとした。

「怖いって、おばあさんのこと？」

そう訊いた瞬間、お母さんは固まった。あたしは、自分が大きな失敗をしたことに気づいた。

お母さんは、なにかをつかみとろうとするように片手を伸ばした。その手で、あたしの口をふさぐ。

「だめっ。そんなこと言ったらだめ。そんなひといないから。いないんだから。いないのっ」

お母さんの顔は真っ赤だった。眼のなかも口のなかも、異様に赤い。涙とよだれと鼻水でぐしゃぐしゃだ。

反射的に身を引いたあたしを逃がさないように、もう片方の手が後頭部にまわった。

殺される、と思った。

みかんの房の形の眼は血走り、こめかみに浮いた血管が痙攣し、濡れたくちびるがゆがんでいる。

口をふさいでいる手は化け物のように膨らみ、一秒ごとに力が強まっていく。

突然、お母さんは突っ伏した。砂に這《は》いつくばり、震える呼吸を繰り返す。

「あのね、お母さんのお母さん、この海の、どこかに、いるの。死んで、この海に、いるの」

絞りだすように言うと、あたしにしがみついてきた。お母さんの皮膚はひんやりしていた。

それなのに、その内で渦巻いている熱が伝わってきた。

海にいる、ってどういうことだろう。お母さんのお母さんは海で死んだのだろうか。

どういうこと？　と訊きたいのに、あたしは声を失っていた。

愛子、とお母さんが熱とともに吐きだす。

「お母さん、どこに行くんだろう。これから。死んだら。どこ行くんだろう」

視界のすみでひらひら揺れる乳白色。これは、お母さんのお母さんだろうか。死んでこの海のどこかにいる、あたしのおばあちゃんなのだろうか。

もしお母さんが死んだら、こうやってあたしにくっついてまわるのかもしれない。


海岸沿いの古びた旅館に泊まった。

お母さんはなにもなかったかのように楽しげにふるまった。刺身や焼き魚の晩ごはんを食べ、温泉に入り、卓球をして、また温泉に入った。泳いでみればと言われて、誰もいない湯ぶねでクロールの真似をすると、お母さんは手を叩いて笑った。

砂浜でのことは口にしてはいけないと悟っていた。あれはなかったことにしないといけない。


けれど、あたしは言いたかった。

——お母さん、どこに行くんだろう。

その問いかけに、大声で答えたかった。

お母さんはどこにも行かないでしょう。

お姉ちゃんやお父さんは、ここを離れてどこかへ行ってしまう。もしかしたら、あたしもいつか行くかもしれない。

でも、お母さんだけはずっとここに居続けるでしょう。だって、お母さんはお母さんだもの。お母さんはそういうものだもの。

二学期がはじまると、夏休みのことはあっというまに過去へと遠ざかった。それよりも、芳賀くんが話しかけてくれたことやトロンボーンがうまく鳴らないことのほうに心を使った。金管クラブは楽しいけれど、練習は厳しかった。うちに帰ってごはんを食べるとすぐに眠くなる日が続いた。

はっと眼をあけた。

いつもなら目覚まし時計が鳴るまで起きないのに、眠りの底からつまみあげられたみたいだった。

窓の向こうは真っ暗で、虫の鳴き声がしている。枕もとの時計を見ると二時半を過ぎていた。

どうしてだろう。心臓がなにかを察知したようにこくこく鳴っている。

外でかすかな物音がした。ベッドを離れて窓の下をのぞくと、お母さんがいた。大きな紙袋を持って門を出るところだ。一度玄関を振り返ってから、通りへと抜けた。

あたしは急いで部屋を出て、階段をおりた。運動靴を履いてドアを開けた。

家の前の道は、白い外灯が続いている。お母さんの姿は見えない。足音も聞こえない。両側に並ぶ家々は、夜のなかに沈みこんでいる。あたしは坂をあがっていった。

音がした。紙を折るようなその音に、お母さんが大きな紙袋を持っていたのを思い出した。すぐそこを左に曲がったところにいる。そう確信したとき、奇妙なものを見つけた。

曲がり角に、お団子が置いてある。ピラミッド形に積みあげられた白玉団子が、アルミホイルにのっていた。外灯のあかりに照らされた曲線がつややかだ。

お盆でもお月見でもないのに。それより、こんな道路のはしに置いてあるなんて変だ。そう思いつつ、この光景を知っている気がした。

曲がり角の左をのぞくと、思ったとおりお母さんがいた。

ブロック塀に向かってしゃがみこみ、紙袋から取りだしたものを地面に置いた。アルミホイルのよれる音が聞こえた。お母さんは両手を合わせて、首を垂れる。一、二、三秒くらい。

見ちゃいけない、と本能が叫んでいる。見られちゃいけない、とも告げている。

道ばたのお団子。小さいころ、眼にしたことはなかっただろうか。眼にしたけれど、さわったことはないはずだ。だってあれは、ふれてはいけないものだから。

そうだ。さわっちゃだめっ、と叫んだのはお母さんだった。

小学校に入るずっと前のことだ。三角形に積まれたお団子が道路に落ちていたことがあった。三角形のてっぺんは、食いちぎられたようになくなっていた。あ、お団子だ。あたしが手を伸ばそうとしたとき、お母さんが鋭い声でとめたんだった。

さわっちゃだめっ。そのあと、たしかこんなふうに言った。

それには悪いものがついてるから。

あたしは口を押さえた。見ちゃいけない。見られちゃいけない。足音をたてないように来た道を引き返した。

お母さんが帰ってきたとき、あたしは暗い階段の真ん中に座って息をつめていた。

「バチが当たるね」

玄関に入るなり、お母さんは言った。小さなつぶやきだったのに、耳に直接吹きこまれたみたいに届いた。

お母さんの背後には、乳白色のおばあさんがいる。あわあわとしていても、おばあさんがいつもむっつり黙りこくっているのはわかった。痛みに耐えているふうでもあり、なにかを我慢しているふうでもあり、怒っているふうでもある。でも、あの恐ろしいものとは全然ちがう。おばあさんは、お母さんのことを憎んではいない。

ほの暗いなか、お母さんの白い頬がふっとゆるんだ。

「地獄に行ってもいいよ」

そう言って、喉の奥で笑った。

肩を揺すぶられて、机に突っ伏していることに気がついた。

「鈴木さん、起きなさい」

先生の声に続いて、みんなの笑い声が聞こえた。芳賀くんもこっちを見ているにちがいない。恥ずかしくて、顔をあげるまで時間がかかった。

眠れなかったせいで朝から頭がどんより重くて、眼がしょぼしょぼしていた。

お母さんはけさ、いつもどおりだった。あたしもいつもどおりにしようとしたら、たくさんしゃべってたくさん笑って、トーストを二枚食べてしまった。

熱っぽいからと嘘をついて、金管クラブは休むことにした。家に帰る途中、お団子を見にいくと、猫かカラスに食いちぎられたものや、道路のはしにそのまま残っているものがあった。夜中に見たのは夢じゃなかったんだと知らされた。

家の門を通ったら、背中に寒気が走った。逃げたい気持ちを押しとどめて玄関を開けた。思ったとおり、男のひとの革靴がある。

深呼吸をして、居間のドアを開ける。

「お父さん、おかえりなさい」

弾んだ声を意識した。

お父さんとお母さんは、食卓で向かいあっていた。

「ああ、愛子」

こっちを見たお父さんの首には血まみれの男がしがみついている。お父さんの背中から生えた毒々しい生きものが、お父さんの首を絞めているようだ。

道ばたのお団子が浮かんだ。

小さいころ、お母さんは言った。悪いものがついてるから、と。

お母さんがお団子を置いてまわったのは、この恐ろしいものを封じようとしたからかもしれない。でも、だめだ。封じることはできない。過去にも同じことをしているはずなのに、どうしてわからないんだろう。

「どうしたの？　金管クラブは？」

お母さんはそわそわしている。

「それよりお父さんは？　こんな時間にどうしたの？」

「うん、ちょっとな。ほら、ケーキあるぞ」

お父さんは、食卓の上の白い箱を指さした。やったあ、とあたしはガッツポーズをつくった。

「ねえお父さん、今日は泊まれるの？」

「いや、すぐ帰るよ」

「えー。なんで？」

「仕事が忙しいんだよ」

なんだあ、とあたしはがっかりしてみせる。

「また来るよ」

「うん、すぐ来てね。じゃあ、宿題いっぱい出たから先にしてくるね」

胸の前で手を振ってから居間を出た。

上手にできた、と思った。お父さんから眼をそらさなかったし、声も震えなかった。

小学校に入る前から、あたしはあの恐ろしいものが見えないふりをしている。お父さんの背後には絶対に眼を向けないし、お父さんとしゃべるときは笑うようにしている。一度、お父さんに訊かれたことがある。なあ、愛子、お父さんの後ろになにか見えないかい？　あたしはきょとんとした表情をつくり、なにかってなに？　と首をかしげた。ソファとか壁なら見えるよ、と言うと、それならいいんだ、とお父さんはちょっと笑った。変なお父さん、とあたしも笑った。

うまくやれていると思う。それなのにどうしてお父さんはたまにしか帰ってこないのだろう。

たったいま見た血まみれの男が頭にこびりついている。あれは何度見ても、恐ろしさに慣れることができない。なにより怖いのは、深い井戸から這いあがってきたような執念だ。あれはひとりでは落ちない。お父さんの首を抱えこみ、お父さんを連れていくつもりだ。

お父さん、あのひとになにしたの？　なんて絶対に訊けない。


いつのまにか眠気に飲みこまれた。気がつくと、部屋は真っ暗だった。時計を見ると十時を過ぎたところだ。

壁越しに物音がした。お姉ちゃんの部屋からだ。

最後にお姉ちゃんと会ったのはいつだろう。夏休みが終わってすぐのころ、階段ですれちがって以来かもしれない。一ヵ月もたっている。

お姉ちゃんの部屋をノックした。返事がないから、お姉ちゃん、と声をかけてドアを開けた。煙草の煙で咳がでそうになった。

お姉ちゃんは壁に向かってあぐらをかいていた。くわえ煙草で大きなヘッドホンをつけ、ももにのせた指でゆったりとリズムをとっている。その指がとまり、首をひねってあたしを見あげた。だるそうなしぐさで煙草を灰皿に置き、ヘッドホンをはずす。

「なに？」

落ち葉を踏みしめたような声だ。

「合宿から帰ってきたの？」

「合宿？」

煙草の煙が染みたように眼を細める。

「お姉ちゃん、受験の合宿に行ってるんでしょう？」

「なんだそれ。あの女がそう言ったのか」

「お父さんまだいた？」

「親父？　知らない。いないんじゃないのか」

「お父さん来てたんだよ。ねえ、ケーキ食べた？」

「食べねえよ」

面倒そうに答えて、ヘッドホンをつけようとする。

「お姉ちゃん、どこ行くの？」

なにも考えずに飛びだした言葉だった。

「コロラド」

「どこそれ」

「アメリカ」

「え？」

「アメリカの大学に行く。そうしたら、もう二度と戻ってこないから」

ヘッドホンから漏れる音がじゃかじゃか鳴っている。男のひとの苛立った歌声もかすかに聞こえる。金管バンドが演奏する曲よりも、はるかに多くの音符でできていた。

お姉ちゃんはほんとうに戻ってこないだろう。それどころか、心はすでにコロラドという場所へ行っている気がした。

「お姉ちゃんは自立してる？」

「してる」

「自立するってどういうこと？」

「見放されて、見放すんだよ」

「え？」

「居場所を探すってことだよ」

お姉ちゃんの説明はさっぱりわからない。むずかしい言い方でからかっているのかもしれない。

「じゃあ、お姉ちゃんはいつ自立したの？」

「生まれた瞬間」

そう言うと、ヘッドホンをつけて眼を閉じた。

美々ちゃんが金管クラブを辞めた。

おばあちゃんが死んだから、と美々ちゃんは説明したけれど、キャプテンと千鶴ちゃんがつきあいはじめたという噂のせいだと言われている。だいたい、おばあちゃんが死んだからといって金管クラブを辞めることはないだろう。

「美々ちゃんってさ、キャプテンがいるから金管クラブに入ったんでしょ」「千鶴ちゃんに勝てるわけないのに図々しいよね」「眼、すごいつりあがってるじゃん」

美々ちゃんの悪口が耳に入るたび、自分のことを言われている気持ちになった。「美々ちゃん」を「愛ちゃん」に替えたら、「愛ちゃん、すごい太ってるじゃん」となるのだろう。芳賀くんの前でそんなふうに言われるところを想像すると、息が苦しくなって叫びだしたくなる。

噂になっていることを知らないのか、千鶴ちゃんはなにも言わない。訊いたら軽蔑される気がして、あたしも知らんふりをした。

給食当番の千鶴ちゃんはシチューをよそっている。白い三角巾とマスクをしていてもほかの子とちがって見える。まるで千鶴ちゃんにだけ淡いライトが当たっているみたいだ。輪郭のくっきりした眼と濃いまつ毛、まばたきがものすごく目立つ。

千鶴ちゃんが好きなのがキャプテンでよかった。もし芳賀くんだったら、もっといじいじ考えて惨《みじ》めになっただろう。

「愛ちゃん、いっぱいいる？」

そう訊かれて、ううん、と首を横に振る。

「おなかすいてないの。だから少なめにして」

シチューを受けとるとき、思わず手を引っこめたくなった。千鶴ちゃんの爪は桜の花びらみたいだった。指は白くまっすぐで、手首はくびれてまるい骨がかわいらしく浮かんでいる。それに比べてあたしの手はお餅みたいだ。

だって、と口を尖らせたい衝動に駆られた。だって千鶴ちゃんのお母さんは、バレリーナみたいにきれいだもん。背中がぴんと伸びて、手も足も長いもん。頭に黒いサングラスをつけて、眉毛は三日月の形で、わたしを見て！　というように堂々と笑うもん。

昼休み、美々ちゃんが声をかけてきた。

「やっぱり夜じゃないとだめなんだよ」

あたしと千鶴ちゃんがトランプをしている机にお尻をのせて、どこかえらそうな態度だ。

あの噂が流れてから美々ちゃんは離れていったけれど、まだどのグループにも入っていないみたいだ。

「なんのこと？」

あたしが訊くと、わざとらしくまわりを見まわしてから声をひそめた。

「四次元冷蔵庫」

「まだそんなこと言ってるの？」

千鶴ちゃんが笑ったのは、四次元冷蔵庫はとっくに過去のものになっていたからだ。いま話題になっているのは、自然公園のどこかに霊園に続く秘密の道がある、というものだ。その道に落ち武者の幽霊が出るらしい。このあいだみんなで行ってみたけれど、秘密の道は見つけられなかった。

「あたし、見たもん」

美々ちゃんはむきになって言い、また声をひそめる。

「昨日の夜、ひとりでジュース工場に行ったの。そうしたらね、あの冷蔵庫がぼんやり光ってたんだよ」

「なにしに行ったの？」

千鶴ちゃんを無視して、美々ちゃんは続ける。

「だから、開けてみたの。ううん、ただ開けただけじゃないよ。おばあちゃんに会いたい、って強く念じてから開けたの。そうしたら、いたの。冷蔵庫のなかに」

美々ちゃんは言葉を切って、反応を待つようにあたしと千鶴ちゃんを見比べた。

「誰がいたの？」

仕方なくあたしはうながした。

「おばあちゃんだよ。ずっと美々のそばにいて、美々を見守ってるからね、っておばあちゃんそう言ったの。あたし、びっくりしたよ」

「声で？」思わず訊いた。「美々ちゃんのおばあちゃん、声でそう言ったの？　ちゃんとしゃべったの？」

「もちろんそうだよ」

美々ちゃんは怒った顔になった。

あたしが見るここにいるはずのないものはちがう。声を使って語りかけてきたことは一度もない。

お父さんの首にしがみついている血まみれの男。思い出すだけで、ぞくりとする。声が聞こえなくてよかった。もしあのひとがなにかしゃべったら、悲鳴をあげて逃げだしてしまうだろう。

――地獄に行ってもいいよ。

忘れられない、お母さんのつぶやき。もし地獄があるのだとしたら、あれは地獄から這いあがってきたものだ。どうしてお母さんは、あんな恐ろしいものと同じ場所に行くと言ったのだろう。

夏休みの砂浜がよみがえる。

――お母さん、どこに行くんだろう。これから。死んだら。どこ行くんだろう。

その答えが地獄だったらどうしよう。

ううん、とあたしは強く否定する。そんなことあるわけない。

放課後、美々ちゃんを除いた五人で野菜直売所に集合した。金管クラブが休みの水曜日には、自然とここに集まるようになっていた。

「絶対嘘だよ」

平台に腰かけて、足をぶらぶらさせながら千鶴ちゃんが言う。

「冷蔵庫のなかに、死んだおばあちゃんがいるわけないよ」

「でも、なんか、ほ、ほんとっぽい話し方だったぜ。なあ、芳賀」

もともと「信じる派」だったブッチーは同意を求め、芳賀くんは、うーん、とどっちつかずの声をだした。男子も同じ話を美々ちゃんから聞かされていたらしい。

「鈴木はどう思う？」

芳賀くんにいきなり顔を向けられ、体が飛びあがりかけた。頬が赤くなり、心臓が慌てだす。

「わかんないよ」

自然な声を意識したら、ぶっきらぼうな口調になって泣きたくなる。

「おれは嘘だと思う」

キャプテンが言った。

「そ、そうかな。ほんとっぽかったけどな」

「じゃあ、おれらで確かめてみようか」

「ど、どうやってだよ？」

「夜に行って、冷蔵庫を開けてみればいいんだよ」

キャプテンは平然と言ってのける。

「夜って何時だよ？」

「丑三つ時《うしみどき》って言ってたよな」

「丑三つ時って、な、何時だよ？」

「幽霊がいちばん出やすい時間じゃない？」

と千鶴ちゃん。

「って何時？」

はじめてあたしは話に加わった。芳賀くんを盗み見ると、両手を後ろで組んでにこにこしている。

「たぶん一時とか二時じゃない？」

「丑三つ時だから、さ、三時かもよ」

「そんな時間に行けないよね」

「うん、そうだよね」

うなずきあうあたしと千鶴ちゃんに、

「おれは行けるよ」

キャプテンが言った。


食卓についたらため息がでそうになった。

豚の角煮とポテトグラタンとマカロニサラダ、それに混ぜごはんと玉子スープの晩ごはん。太りそうなものばかりだ。

お母さんが「いただきます」と箸《はし》を持った。芋虫みたいな指とむっちりした手首。あたしとそっくりだ。

「どうしたの？」

と訊かれ、首を横に振る。

「なんでもない」

「ほら、食べよう食べよう」

お母さんがほほえむ。

情けなく見える泣き笑いの眼、えりぐりの伸びたTシャツ、大きくてだらしないおっぱい。あたしもこんな大人になるんだろうか。どう考えても、千鶴ちゃんのお母さんのようになれるわけがない。そう思うと、やっぱりあたしの将来を決めるのはお母さんだ。あたしは、あたしのなりたいようにはなれない。

お母さんの眼をまっすぐ見ることができなくなった。見るということは、見られるということだ。いつのまにか、見たくないことも、見られたくないことも、山ほどできてしまった。

「お母さん、学校におもしろい噂があるんだよ」

言葉を押しだしたのは、後ろめたさに似た感情だった。

「ジュース工場の跡地にね、捨てられた冷蔵庫があるんだって。四次元冷蔵庫って呼ばれてるんだけど、それ、死んだひとを運ぶ乗り物だっていうんだよ。丑三つ時に、会いたいって念じて開ければ、死んだひとが入ってるんだって。見たって言うひともいるんだよ。そんなことあるわけないよね」

あたしは笑ってみた。

あるわけない、と笑い飛ばされるか、絶対に行っちゃだめだよ、と厳しく言われるか、どちらかだと思っていた。それなのに、お母さんはとまった箸の先を見つめ、黙っている。

「お母さんは、死んでも会いにいかないから」

やがて言った。

「えっ」

思わず眼をあげると、お母さんもゆるりと視線をあげた。あたしを向いているのに、通りすぎている。焦点が合っていない瞳の色が、いつもより薄く見える。どこを見ているのか、なにが見えているのか、急に不安になった。

――地獄に行ってもいいよ。

お母さんのつぶやきが耳の奥で膨らんだ。

あれはどういうことだろう。お母さんは、死んだら地獄に行くと思っているのだろうか。

絶対にそんなわけないのに。

「お母さん、地獄ってあると思う?」

返事がないから、急いで言葉を継ぎたす。

「あ、ううん。その冷蔵庫なんだけど、悪いことをしたひとを地獄に連れていくためのものだっていう噂もあったの。ばかみたいだよね」

お母さんの頰がひくついた。ほほえもうとしたのかもしれない。

「地獄はひとがつくるものなの。心のなかにつくるものなの。だから、なにもしなければ地獄なんてないんだよ」

あたしは思い出していた。地獄に行ってもいいよ。そうつぶやく前、たしかお母さんはもうひとつ言葉を漏らした。

――バチが当たるね。

お母さんはバチが当たることをしたのだろうか。だから、地獄に行くと思っているのだろうか。

お母さんの心には地獄なんてないでしょう？　大声で問いつめたかった。それなのに、怖い答えが返ってきそうでなにも言えなかった。

夜の一時に、野菜直売所で待ち合わせた。

あたしは前日から千鶴ちゃんのうちに泊まった。千鶴ちゃんのお父さんとお母さんが旅行に出かける日に合わせての決行だった。

芳賀くんとブッチーは、キャプテンのうちに泊まることになっていた。キャプテンのうちはお父さんが夜勤で、何時に出かけても大丈夫らしい。

野菜直売所がある坂道は外灯の本数が少なく、白いあかりは闇のすみずみにまで届かない。坂道の右側にはキャベツ畑が広がり、左側には竹林がある。キャベツ畑の一角に建つ野菜直売所は、生《い》け贄《にえ》を待つ妖怪の口みたいに見えたけれど、慣れている場所だけになかに入ると安心できた。男子はまだ来ていない。

「愛ちゃん、どうしよう。あたしおしっこしたくなっちゃった」

怖いからか、おしっこを我慢しているからか、千鶴ちゃんの声は少し震えていた。

コーラをたくさん飲んだせいだろう。牛乳やオレンジジュースやチョコレートシロップを入れたコーラをひと口ずつ味見して笑いあったのは眠らないためだった。

「どうする？　戻る？」

「ううん。あっちでしてくる」

千鶴ちゃんは竹林を指さした。

「怖くないの？」

「漏らすよりいいよ。もし男子が来たら、すぐ来るって言っといて。絶対におしっこしてるって言っちゃだめだよ」

千鶴ちゃんは通りを渡り、竹林のなかに入っていった。

かささ、かさかさ。ときおりかすかに聞こえるのは、千鶴ちゃんの歩く音か、それとも風だろうか。

ふいに、お母さんが言った変質者のことを思い出した。ジュース工場の跡地は、この坂道を下りきり、国道を渡ったところにある。

あたしは平台からおりて、外から見えないように小屋のすみに移動した。心臓がとことこ鳴りだした。千鶴ちゃん早く帰ってこないかなあ。

なにかがこすれる音がした。だんだん近づいてくる。坂道の下のほうから。足音だ。変質者だったらどうしよう。体を小さくして息をひそめた。

あっ。声がでそうになった。

闇のなかから現れたのは、お母さんだった。胸を隠すように両腕を交差させ、小走りで通りすぎていく。うつむきかげんの顔がほの白く浮かんでいた。

なんで？　と思った。次に、お団子、と思いついた。このあいだの夜のように、お団子を道ばたに置いているのかもしれない。けれど、紙袋を持っていなかった。

野菜直売所を出ようとしたとき、もうひとつの足音に気がついた。きゅっ、きゅっ、とゴムが小さく鳴っている。

坂道の下をのぞいた。外灯のあかりが、そのひとをすっぽりと照らしていた。

それが人間なのかそうじゃないのか、とっさに判断できなかった。

男のひとだ。ひたいから頬にかけて激しい傷がある。まるで、割れた顔をたったいま乱暴に縫いあわせたみたいだ。傷はまわりの皮膚を飲みこむように赤黒く盛りあがっている。

お父さんの首にしがみついているものが頭をよぎった。あれと同じだったらどうしよう。お母さんにしがみつこうとしていたらどうしよう。気持ちが焦るばかりで、体は固まって動かない。

通りすぎた足音が聞こえなくなった。闇は静まり返っている。早く家に帰らなきゃ。それなのに恐怖にせきとめられて足を踏みだすことができない。

さっきのひとは変質者だろうか。それとも、地獄から這いあがってきたものだろうか。どっちにしてもお母さんを追いかけていた。

どのくらいたったのだろう、冷たい汗が背中をつたうのがはっきりと感じられた。その瞬間、体のこわばりがふっと解けた。

あたしは走りだした。

ものすごく急いでいるのに、足が空まわりしている。走っても走っても、スローモーションでしか進まない。だから、これは夢だ。きっと悪い夢だ。

家の玄関には鍵がかかっていなかった。

「お母さんっ」

お母さん、お母さん、お母さん、と叫んでいるつもりなのに、自分の声が聞こえない。

居間のドアが開いている。なかをのぞいた瞬間、「お母さん」という言葉が胸のなかで破裂した。

居間はめちゃくちゃだった。

食卓の椅子がひとつ倒れ、そのまわりに陶器の破片が散らばり、黒い液体がこぼれている。床には、飾り棚に並べてあった置物や小物入れなどがばらまかれ、観葉植物の鉢が転がっていた。そこに花切りばさみを見つけたとき、血がついていないか一瞬のうちに確かめていた。

台所を振り返り、まな板の上に薄切りにした玉ねぎとマッシュルームがあるのに気づいた。調理台には、肉のパックとグリンピースの缶詰が置いてある。

ビーフストロガノフだ。お母さんはあたしの好きな、ちゃんと牛肉を使ったビーフストロガノフをつくろうとしていたのだ。

ひとの気配がした。

お姉ちゃんだった。リュックをしょって、居間の入り口に立っている。こんな光景を目の当たりにしても、いつものように揺らぎのない表情だ。

「お母さんは？」

あたしが訊くと、首をわずかに傾けた。

「ねえ、お母さんどこ行ったの？」

「いま帰ったばかりだからわかんねえよ。二階は？」

あたしは階段を駆けあがった。変わったところはない。自分の部屋、お姉ちゃんの部屋、それに納戸。どの部屋も荒らされてはいないし、誰かが侵入した形跡もない。

「お母さん」と呼んだ。その瞬間、胸に大きな穴があいた。この先、お母さん、と呼んでも二度と返事がないような気がした。

居間に戻ると、お姉ちゃんはさっきと変わらず無表情で立っていた。

「け、警察っ」あたしは言った。「お姉ちゃん、警察呼ぼう」

「なんでだよ」

お姉ちゃんは平然としている。

「だってこんなにめちゃくちゃになってるんだよ。お母さんいないんだよ。なんかあったに決まってるよ」

あの男のことは言えない。だって、たぶんあれは人間じゃない。地獄から這いあがってきた恐ろしいものだ。いま蛍光灯の下で思い返すと、この世のものとは思えなかった。

お姉ちゃんは動こうとしない。眼を合わせようともしない。あたしはすがりつくように受話器を取った。


夜の坂道を歩いている。十二時半に家を出たから、一時前にはジュース工場の跡地に着く。

お母さんがいなくなって一週間がたった。お母さんがどうしたのか、なにがあったのか、わからないままだ。警察さえ、お母さんを見つけてくれない。見つからないということは、もうどこにもいないということだろうか。

――地獄に行ってもいいよ。

耳の奥から聞こえるその声が、お母さんはもうこの世にはいないとあたしに知らしめるようだった。

お母さんがいなくなった夜、誰もジュース工場の跡地には行かなかった。千鶴ちゃんは、あたしが怖くなって逃げたのだと思ってそのまま帰り、男子はキャプテンのうちで朝まで寝ていたらしい。

四次元冷蔵庫の噂はほんとうなのだろうか。

今日、美々ちゃんに確かめたら、「絶対にほんとうだから」と怒られた。「嘘なんかつかないよ。絶対に絶対にほんとうなのっ」と。

明るい夜だ。薄い藍色の空に白い月がのぼり、雲の形もはっきり見える。

あたしは工場の跡地に入り、奥へと進んだ。

よかった。まだ冷蔵庫がある。けれど、光ってはいない。輝く月のせいかもしれない。明るい場所では星が見えないように、明るい夜には冷蔵庫のひかりが見えないのだ。

「お母さん」

両手を合わせて語りかけた。

「会いたいです。お母さん、会いたいです」

冷蔵庫を開けた。

がらんどうがあるだけ。

がっかりはしなかった。だってお母さんは言っていた。死んでも会いにいかないから、と。

じゃあ、こっちから行けばいいのだ。

冷蔵庫のなかに入り、勢いをつけてドアを閉めた。

「お母さん」

お母さん、お母さん、お母さん。語りかけるほど、息苦しくなっていく。立てつづけに咳がでた。この苦しさを越えたところに、お母さんがいる気がした。だから眼をつぶったまま何度も呼んだ。

お母さんがいなくなってからずっと考えていた。あたしが最後に言った言葉はなんだったろう、と。

――うるさいなあ、ほっといてよ。

千鶴ちゃんのうちに泊まりにいくとき、ごはんは大丈夫なのとか、おうちを汚しちゃだめとか、戸締まりに気をつけてねとか、お母さんはしつこかった。ふくよかな頰と大きな胸が迫ってくるようでうっとうしかった。

「お母さん、ごめんね」

真っ暗闇のなかでつぶやいたら、いきなりドアが開いた。

あの男だ。お母さんを追いかけていた男が、あたしを見おろしている。

「おまえなんか死んだっていいんだ」

ちくちくした声。

声が聞こえるのだからこのひとは人間だ。頭のすみでそんなことを考えた。

顔がはっきり見える。傷跡が怖い。ひたいから目頭をかすめて、頰まで走っている。ひきつれた皮膚は赤黒く変色して、痣《あざ》のような紫が傷のまわりに広がっている。眼の下に縦に並んだふたつのほくろは、黒い涙みたいだ。

やっぱり人間じゃないかもしれない。このひとは、お父さんの首にしがみついているものとどこか似ている。恐怖で頭が凍ったようになった。

男の手が、あたしに向かって伸びてくる。手首をつかまれ、冷蔵庫から引きずりだされた。

お母さんを返して。お母さんに会わせて。お母さんはどこ？　叫ぼうとしても声にならない。

「でも、いま死なれるのは困るんだよ」

男はちくちくした声で吐き捨てた。

## 第四章

# 2010年　ペテン師と鮑の神様

## ペテン師　1

ああ、いるよ、いるいる。

平らな声でつぶやき、空気のすきまを縫うようにあたしは眼を細めた。一度大きくうなずいてから、視線をあちこちへさまよわせる。

「あのね、昔このへんで死んだ女のひとがいるの。そのひとね、やり残したことがあって成仏できなかったの。でも、うんと時間がたって、自分がなにをしたかったのか忘れちゃったんだって。だから、近くにいる霊を捕まえて、自分はなにをしたらいいのか訊いてるの。それで、いろんな霊が溜まっちゃってるのね」

　言いながら、ばかみたい、と思う。

　どこにだって昔死んだひとはいるし、誰にだってやり残したことはある。それなのに依頼人のおばさんは口に手をあてて、やっぱり、なんてどこか満足げだ。

　千葉のどこかにいる。車で連れてこられたからよくわからない。どこにでもありそうな住宅街の、どこにでもありそうな一軒家。築二十年以上はたっているだろう。生活感が染みついた台所を見たとき、ふいに薄切りの玉ねぎとマッシュルームが浮かんで、あたしは頭のなかの光景を叩きつぶした。

「肩、凝るでしょう？」

　友達としゃべるような馴れ馴れしさと無防備さで訊ねた。

「そうなの。凝るの。すごく凝るのよ。やっぱりそうなの？」

「こういう場所で暮らしてると、どうしても影響受けちゃうから。――五代《ごだい》、あれちょうだい」

　五代、というところだけ尊大に発音した。

　手渡されたのは、半紙で包んだ親指ほどの大きさのものだ。

「これ、身につけるといいと思う。特別なお塩が入ってるから」

原価一円の包みを両手で渡すと、依頼人はうやうやしく受けとり、ありがとうございます、と頭をさげた。

家の四隅に塩を盛り、調理台に米と水を置いて、線香をつける。両手を合わせて、口のなかで言葉になりきらない音を転がす。なにかの歌詞をブレイクさせてつぶやくと、リズムが生まれてそれっぽくなる。

およそ三十分。これでいくら請求するのかあたしは知らない。

「本来なら、先生はこのようなお祓《はら》いはしていないんですよ。とてもエネルギーを消耗するものですから。今回はご紹介いただいたので特別に……」

玄関で靴を履いていると、五代の慇懃《いんぎん》な物言いが聞こえてきた。

たしかにエネルギーは消耗する。しゃべるのも、歩くのも、笑いかけるのも、最後に残ったひとかけらの力を使い果たす感覚だ。けれど、それはお祓いの真似ごとのせいじゃない。昨日の朝パンケーキを一枚食べたきり、なにも口にしていないからだ。指先、みぞおち、尾《び》骶骨《ていこつ》、体のあちこちが冷たい。

「いた?」

運転席に乗りこむと、五代は裕也《ゆうや》に変わる。エンジンをかけて、からかう笑みを投げてきた。

「知らない。いても見えないもん」

「まったまたー。謙遜《けんそん》しちゃって。藤《ふじ》ノ宮《みや》紫《むらさき》先生ってば」

その宝塚みたいな名前は、裕也がつけたものだ。富士宮《ふじのみや》の喫茶店でブルーベリーのタルトを食べていたからそうなった。もし、オレンジのタルトだったら橙になっただろうし、いちごだったら紅《くれない》にでもなっていただろう。

裕也は、出会ったときからうさん臭かった。何種類もの名刺を持ち歩き、そのなかから「プランナー」と「WEBディレクター」と「メディアプロデューサー」の三種類をあたしに寄こした。手首のロレックスも、茶色くぱさついた髪も、やけに白い歯も、よく動く眼球も、彼に属しているものすべてが偽物に見えた。大崎《おおさき》裕也という名前も、二十八という年齢も、おそらく詐称しているのだろう。

「寒い」

座席に体をあずけて言った。

「寒い？」

裕也はエアコンを切る。

「なんか食ったほうがいいな。メシ食いに行こう」と気がきくと思わせたところで、「おれ、こってりした中華が食いてえ」とやっぱり自分のことしか考えていない。

異議を唱えるエネルギーが、あたしにはない。助手席にぐったり座って、呼吸をするだけで精いっぱいだ。きちんと食事をするようになれば、体の内にエネルギーが満ち、手足の先まで熱が行き届くのだろうか。そうなる自分をまるで想像できない。

食べることをやめたのは、母がいなくなってすぐだ。もう十五年になる。十代のころは、拒食とのバランスをとるため過食が必要だった。そのうち、真ん中にあった支点がずれていき、いまでは過食をしなくてもバランスが保てる期間が長くなった。

食べ物は喉をとおったとたん、罪悪感に変わる。罪悪感はタチの悪いウイルスのように臓器を一瞬のうちに覆い尽くし、体のすべてが食べることを拒否する。

藤ノ宮紫先生、助けてください。つきあって一年になる彼氏が、突然キレるようになりました。私の言い方や態度が気に入らないと言って、いきなり殴ったり蹴ったりします。こないだ、肋骨が折れました。

思いあたることはあります。三ヵ月くらい前、みんなで肝試しに行きました。山の中にあるホテルの跡で、地元では有名な心霊スポットです。そのとき彼氏は「肩が重い」と言っていました。彼氏が暴力をふるうようになったのはそれからです。もしかして、悪い霊にとり憑かれたのでしょうか。

ばっかみたい、とパソコンの画面に向かってつぶやいた。生年月日を見ると、二十三歳。あたしよりひとつ下なだけだ。


こんにちは！　みっちゃんです。覚えてますか〜？

こないだはアドバイスありがとうございました！　めっちゃカンペキでした。やっぱり紫先生はすごい！　おかげで、あっさり別れることができました。

今日は、新しい彼氏との相性を占ってください！　相性いいといいなあ。よろしくお願いします！


ばっかみたい、とまたつぶやく。みっちゃんなんて覚えていない。


メール拝見しました。

さて、彼氏の件ですが、憑依されている可能性はあると思います。おそらく男性の霊でしょう。自殺者かもしれません。思いどおりにならない世の中に腹を立てながら死んだように見受けられます。

もともと、あなたと彼氏は相性が良くありません。できれば、別れたほうがいいでしょう。

もし、すぐに別れられないのであれば、読経で清めたお塩（邪気を払います）を肌身離さず持っていることをおすすめします。

お塩の購入は、こちらのサイトでどうぞ。

みっちゃん、こんにちは。もちろん覚えていますよ。

さて、新しい彼氏との相性はいたって普通です。大事なのは、お互いを尊重すること。これができるかどうかで、今後が大きく変わってきます。あまり、わがままを言わないようにね！

おそろいのパワーストーンを持っていると、ふたりの結びつきが強くなるかも。携帯ストラップかブレスレットがいいと思います。おすすめのパワーストーンは、フローライトです。

こちらのサイトで購入できますよ。

裕也によると、藤ノ宮紫先生はなかなか人気があるそうだ。

たしかに、毎日何件かメールが届く。「いまのうちに稼いでおこう」と、有料占いサイトのほかに、お祓いと称する出張もさせられるようになった。

四ヵ月前、裕也に拾われた。富士宮の喫茶店だった。

樹海に行くつもりだった。家具を処分し、アパートを引き払い、トートバッグひとつで東京駅に向かった。そこから、富士宮行きの高速バスに乗った。

何年かぶりの強烈な過食に襲われたのがきっかけだった。

——お母さん、ごめんなさい。

いけないことだとわかっているのに、食べることをやめられなかった。泣きながらパンを食いちぎり、パスタをすすり、ピザを飲みこみ、おにぎりをほおばった。

ごめんなさいごめんなさいごめんなさい。どうしようどうしようどうしよう。ふたつの言葉が、頭蓋でがんがん鳴っている。指が震え、鼻の穴が膨らみ、よだれがとまらない。

食べて、ごめんなさい。生きようとして、ごめんなさい。いじ汚くて、ごめんなさい。太ったらどうしよう。バチが当たったらどうしよう。嫌われたらどうしよう。

吐いたら、動けなくなった。ベッドにうつぶせになり、何時間もそのまま過ごした。眼にかかった髪をかきあげることも、ぽっかりひらいた口をとじることもできなかった。窓の外が暗くなり、やがて明るくなるまであっというまだった。

死のう、と決めたら樹海が浮かんだ。たったいま思いついたように感じたけれど、もうずっと前から死ぬことを考えていたのだと気づいた。誰にも知られることなく、見られることなく、いなくなるのだ。母のように。

富士の樹海だから富士宮で降りればいいと思ったのに、駅前で訊くとまだ先のようだった。バスの時刻まで駅の周辺を歩き、眼についた喫茶店に入った。トートバッグのなかを改め、身元が特定できるものがあれば捨てていくつもりだった。財布からレシートを出したとき、うなじが反応した。まるで冷たい指でこすられたようで、体の背面に鳥肌が立った。

覚悟して振り返った。三十歳前後の男が三人入ってきたところだった。そのなかのスキンヘッドの男に、真っ黒い靄《もや》のようなものが覆いかぶさっていた。毒性の煙がたゆたうように、もくりもくりとうごめいている。瞬間、首に縄を巻いた男が現れ、すぐに崩れた。かと思うと、また現れ、消えた。

あたしの視線に気づいたのは、茶色い髪を肩まで伸ばした男だった。なにを勘違いしたのか、「ひとり？」と声をかけてきた。「どこ行くの？　送ってこうか？　おれたち、車二台で来たから余裕だよ」

首を横に振ると、「まさか樹海に行こうとしてたりして」とふざけた調子で続けた。え、まじかよ、となにも答えていないのに反応したのは、勘が鋭いからか、あたしの表情が変わったからか。

「おれたちも樹海に行ってきたんだよ。――あ、コーヒー頼んどいて」

男が振り返ると、黒い靄に包まれたスキンヘッドが、了解、と機嫌よく答えた。

「あのひと、樹海でなにかしたの？」

思わず言っていた。

男の眼球が固まった。

「まじで？」

ぐっと顔を寄せてくる。

「あんた、なんか見えるの？　霊感あんの？」

「ない。見えない」

ほんとうだった。大人に近づくにつれて、ここにいるはずのないものを見なくなっていった。ただたまに、恐ろしいものの気配に気づくことがあるだけだ。

「あんたのそれ、商売になるよ」

男は断りもなく正面に座ってメニューを広げた。ブルーベリータルトふたつ、と店員に告げて、「おごってやるよ」と共犯者みたいに笑いかけてきた。

「いらない」

「遠慮すんなって」

「食べたくないの」

「ガトーショコラのほうがよかった？」

という会話を繰り返しているうちに、ブルーベリータルトが運ばれてきた。

男は三口くらいでタルトを平らげると、

「ひらめいたっ」

と、薄紫色のムースがついたフォークをあたしに向けた。

「芸名は、藤ノ宮紫だ。富士宮で会って、紫のこれ食ってるから。冴えてんなあ、おれ。なあ、おれと組んで儲けようぜ」

身を乗りだしてそう言い、名刺を立てつづけにテーブルに並べた。デザインと肩書がちがう名刺が、ざっと見ても二十枚近くあった。そのなかから三枚の名刺を渡された。

「ほら、怪しいもんじゃないだろ？」

黙ったままのあたしにかまわず、男はネットビジネスとか占いサイトとか人助けとか心の闇とか、最初から最後まで丸暗記しているかのように淀《よど》みなくしゃべった。

なにもかもがうさん臭かった。それでもその日、男の車で東京に戻り、彼のマンションに行ったのは、うさん臭さに救われた気がしたからだ。

それ以来、あたしは裕也のマンションで暮らしている。中野にある小さな１ＤＫだ。

たいてい四畳半の部屋にいて、お祓いの真似に出かけるのを除けば、ほとんど外に出ることはない。窓から見えるのは、マンションの壁と看板とストローのように細い空だ。知らないところにいるなあ、と思う。遠くに来ちゃったなあ、とも思う。お母さんに会いたい。そう思って、泣く。

もうすぐ二十五になる。母親を思って泣く歳じゃない。

＊

母がいなくなってしばらくのあいだ、テレビを見ることができなかった。

キャリーバッグから白骨化した遺体が見つかった。山林で身元不明の遺体が発見された。海岸に全裸の女性遺体が流れ着いた。

テレビが報じるニュースに、心を噛みくだかれそうになった。

母が首を絞められる。胸を刺された。海に沈んでいる。谷底に突き落とされた。想像したくないことはどこからともなくやって来て、あっというまに意識のなかではびこった。

もう、なにもかもわからなくなる。母がいなくなったということ以外は、現実と妄想の境目がなくなる。

あの当時、傷の男のことはなかなか言いだせなかった。

男が人間なのか、地獄から来たものなのか、あのときはまだ判断できなかった。口に出すことさえ恐ろしく、パトカーで来た警官にも黙っていた。

あの男が母を連れていった。そう思う一方で、あたしは姉のことも疑っていた。荒らされた居間を平然と眺めていたし、いま帰ってきた、というのも言い訳じみていた。それに姉は母のことを嫌っていた。父も怪しいと思った。父は母を疎《うと》ましがっていたかもしれない。

傷の男が人間だとわかったのは、母が消えた一週間後、四次元冷蔵庫に入りに行った夜だった。

あの男は、冷蔵庫に入ったあたしを引っぱりだした。引っぱりだしておきながら、おまえなんか死んでもかまわない、という意味のことをちくちくした声で言った。そのときはまだ人間なのか恐ろしいものなのか、判断がつかなかった。

ふと、強いひかりに照らされていることに気づいた。冷蔵庫の後ろに、ヘッドライトがついた軽トラックが停まっていた。

「おーい」

間延びした声がして、軽トラックから男がもうひとり降りてきた。ロボットみたいに四角く頑丈そうな体をしていた。

「これだろ？　早く運んじまおうぜ」

ロボットは冷蔵庫を両手で抱えこみ、がたがた揺らした。

「よし、運ぼう」

傷の男は答えた。

そのときに、これは人間だ、とやっと確信した。

あたしの見ている前で、傷の男とロボットは冷蔵庫を軽トラックにのせた。なにが起こっているのか理解できないまま、あたしは走り去る軽トラックを呆然と眺めていた。

次の日、交番に行ってすべてを話した。傷の男が母を追いかけていたこと。ジュース工場の跡地に現れて冷蔵庫を運んでいったこと。母が以前から不審者を気にしていたこと。

若い警官は、うんうん、とやさしく聞いてくれた。けれど、相手にされていないのがわかった。その警官だけじゃなく、誰も相手にしてくれなかった。誰も母を探してくれなかった。

あたしは、横須賀で暮らすことになった。そこは父と知らない女が暮らす家だった。

父と女が共謀して、邪魔な母を殺したのかもしれない。ふたりだけじゃなく、傷の男も、姉も、みんなグルなんじゃないかと考えた。

転校したときのことはよく覚えていない。お別れ会はしてもらったのか、あたしは泣いたのか、千鶴ちゃんはなんて言ってくれたのか、芳賀くんはどんな表情だったのか、まるごと抜け落ちている。残っているのは、自分を責める感情だ。あたしが小さなお守りじゃなくなってしまったから、お母さんを守ることができなかった——。

新しい学校では、ボンレスとあだ名をつけられた。食べることをやめてボンレスハムみたいな体じゃなくなっても、友達はひとりもできなかった。

## 鮑の神様　1

コロラドの空は原色のように濃く青く、褐色の山脈も建ち並ぶ高層ビルも遠く広がるとうもろこし畑も、まるで切り取ったかのごとく鮮やかに映るだろう。それは自分のイメージだ。イメージのなかでは、上空を白く輝くロケットが飛び交いもする。自由な空だ、と思う。

病室に入ると涼美《すずみ》さんがいた。両手を後ろで組み、窓の外を向いている。自分の靴音に気づき振り向く。

「あら」

とだけ言う。

「どうも」

「仕事は？」

「日曜なので休みです」

「あら、そう」

涼美さんはベッドを見下ろした。

「寝てるの」と重要な発言をする生真面目さで言い、「よかったわ」と感情を吐き出す。

ベッドには父親がいる。尖った頬骨を覆う皮膚は土色で、眼球の周囲が落ち込んでいる。一週間のあいだにまた枯れた。まるで骨格標本に使い古しの薄布をかぶせたようだ。

四ヵ月前、父親は余命三ヵ月の宣告を受けた。末期の膵臓がんで、肝臓と肺と胸膜に転移していた。外科的切除はできず、抗がん剤は効かなかった。個室に移ったのは一ヵ月前だ。

「愛子さんは？　見つかった？」

「いえ」

と、短く答える。頭の回る涼美さんのことだ、探していないことを察しただろう。

父親の余命は、涼美さんからの電話で知った。十分後に再度かかってきた電話で、妹の携帯が不通であることを知った。涼美さんに頼まれ、妹のアパートを訪ねたのはその一週間後のことだ。自分が知らない妹の住まいを涼美さんが知っていることは意外だったが、そこに妹がいなかったことはさほど意外ではなかった。

「どうしてるのかしらねえ、愛子さん」

「さあ」

「明生さん、時間あるかな。二、三時間、看ててもらってもいい？」

「はい」

「ほら、見て」と、涼美さんは前髪を持ち上げる。「すごいでしょ、白髪」

「ああ」

「美容室、行きたいの。白髪だと疲れきったおばあちゃんみたいじゃない？」

「どうぞ」

窓からは晴れた空と灰色の建物の連なりが見える。横浜の空は東京よりはひらけている。しかし、空も地上も薄れた色だ。コロラドはちがう、と行ったこともないのに断言する。行けばよかった、と思う。行かなくてよかった、とも思う。

呻き声に振り返った。父親の顔が歪んでいる。乾いた皮膚に広がるしわがひび割れのようだ。

「看護師呼びますか？」

声をかけると、きつく閉じていた眼が緩んだ。ああ、と掠れた声。

「いや、いい。痛いわけじゃないんだ」

眼球を動かし、自分の顔に焦点を合わせる。色が抜けた瞳は、埃をかぶった古いビー玉に似ている。

「あいつは？」

「涼美さんなら美容室です」

自分の敬語が移ったのか、そうですか、と父親はつぶやいた。

「もっと早く死ぬかと思ってたよ」

妙にさばさばとした声音に痰《たん》が絡んでいる。

「四ヵ月たちましたね」

「そうじゃないんだ。こんな六十過ぎまで生きるとは思わなかった。早死にすると思ってたよ。おかしいおかしいと思いながら、いつのまにかこんな歳になってたんだな」

そこで区切り、ふっと笑う。

「こんなことなら、もっとていねいに生きればよかったなあ」

そう言ったきり黙った。しばらくのあいだ天井を眺め、やがて眼を閉じた。目尻からつたう涙は、感情の混じらない排泄物のようだ。

「帰っていいぞ」眼を閉じたまま父親は言う。「寝るから」

「そうですか」

バックパックを背負い、パーカのポケットに両手を入れた。ドアに向かいかけると、

「もう来なくていいぞ」

背後から太い声が飛んできた。腹の底から発した声で、父親のこういう声を聞くのはずいぶん久しぶりだった。

「これからすごく苦しむだろうから、もう来ないほうがいい。いま、あまり痛くないのがおかしいんだ」

痛みが少ないのはモルヒネによるものだと理解していないのだろうか。それほど思考力が低下しているのだろうか。

「おかしいばかりですね」

聞こえなかったのか、意味がわからなかったのか、父親は答えなかった。


ものすごく苦しむ父親を見ても、自分の心は表面しかさざめかないだろう。

四ヵ月前、父親の余命を聞いたとき、それで？　とつい言ってしまいそうになった。へえ。それで？　それが自分とどう関係があるんですか？

口にはしなかったが、涼美さんには伝わっただろう。伝わったことは別に構わない。ただ、せめて隠すふりをすることが最低限の礼儀だと考えた。だから、一、二週間に一度は病院に顔を出すようにしている。

＊

涼美さんの存在を知ったのは、中学三年のときだ。母親から聞いた。北海道から連れ戻された次の日のことだった。

ごめんね、と母親は言った。なにに対してあやまっているのかわからなかったが、もう、ごめんね、と言われるのはまっぴらだった。自分が黙っていると、父親が別の女と暮らしていることを教えられた。ここよりはそこがいい？　と訊かれ、考えるまもなくうなずいた。あのとき母親がどんな表情をしていたのか覚えていない。見ないようにしていたのだ。

日曜日、教えられた住所を頼りに横須賀に行った。父親と女の住まいは、駅から離れた高台に建つ小さな一軒家だった。

間下《ました》涼美という女は、自分の想像とはかけ離れていた。耳下で髪を切り揃え、銀縁の眼鏡をかけていた。逆三角形のあさ黒い顔は化粧っけがなく、母親よりも老けていた。未婚の教師といった風貌だったが、電力会社の課長職に就いていた。

「私、子供嫌いなの」

いきなり涼美さんは言い、表情を緩めてから、

「だからといって、あなたのことが嫌いとは限らないのよ」

と続けた。

いわゆる不倫のはずだった。彼女は妻子ある男と一緒に暮らし、いまは「子」と対峙《たいじ》しているのに、その背景を忘れさせるほど自然体だった。

いるはずの父親はいなかった。バツが悪くて逃げたのよ、と涼美さんは笑った。男の人ってこうよね、恥ずかしさと後ろめたさにいつも負けるの。涼美さんの言葉に、父親は逃げてばかりだ、と自分は思った。

「決定権は私にあるの。だってこの家は私のものだし、生活費も私が出してるんだから。ね、そうでしょう?」

この人を嫌いじゃないと感じた。少なくとも母親よりはわけがわかる。

「私、子供嫌いなのよ」涼美さんは繰り返した。「だって自分の子供のころを覚えてるから。好きになれるわけないと思わない?」

はい、とよく考えずに答えた。

「私にとっては、中学生もまだ子供。だから一緒に暮らすことはできないわ。でも、泊めてあげることはできる。それでいい?」

高校生になると、夏休みや冬休みの大半を横須賀の家で過ごした。それを母親が「合宿」

だと妹に伝えていたのを知ったとき、確かにひとり合宿のようなものかもしれないと思った。ひとりで生きていくための。ちがう場所で生き直すための。

コロラド行きを止《や》めたのは、高校三年の秋だ。

母親がいなくなり、自分と妹は横須賀の家で暮らすことになった。コロラドに行ってはいけない気がした。もう行く必要がないとも思えたし、行くのは卑怯だとも思えた。

母親が姿を消したのは、父親との諍《いさか》いが原因だ。

あの夜、ふたりは言い争っていた。自分がいるとは思っていなかったのだろう、父親の激《げっ》昂《こう》した声は二階まで聞こえてきた。

ふざけるな……誰のせいだ？　……おまえのせいだろう……。

自分は参考書と筆記用具をバックパックに入れ、階段を下りた。家を出る間際、何かが倒れる音と割れる音を聞いた。

駅前のファミリーレストランで時間を潰し、終電の時刻が過ぎてから家に戻った。めちゃくちゃになった居間に、妹が立ち尽くしていた。お母さんは？　と訊かれたときに考えていたのは、ばかじゃないか、ということだった。寡黙な父親、いい人ぶる母親、ああいうやつらに限って神経の限界を超えたとき、こんなふうに幼稚でヒステリックな行動に走るのだ。

どうせ一日もたたずに帰ってくるだろうと思っていた。その考えに疑問符がついたのは、勉強机の引き出しに母親の走り書きがあるのを見つけたときだ。

**明生、ごめんね。ごめんなさい。**

聞きたくない言葉を文字で突きつけられた。無性に苛立ち、ぐしゃりと握り潰したが、捨てることはできなかった。

母親は何日たっても戻ってこなかった。その後、父親と母親がすでに離婚していたことを知った。

腑に落ちないのは母親が妹を置いていったことだが、おそらくこっそり会っていたのだろう。もしかしたらふたりはいま、一緒に暮らしているのかもしれない。

*

会社の帰り、いつものバーに寄った。

アンモニア臭漂う路地に、木造の民家を改装したそのバーはある。L字形のカウンターの奥からふたつめがいちばん落ち着く席だ。

ビールを注文し、煙草に火をつける。深く吸い込みまっすぐ吐き出す。疲れた、と条件反射で思う。

コロラド行きを止め、東京の大学へ進み、電子機器メーカーに就職した。そこそこ優秀だがコミュニケーション能力に欠けると評価され続け、この春、プロジェクトマネージャーになった。長く住んでいた祐天寺《ゆうてんじ》から中野に引っ越したのも同時期だ。環境を変えたいと考えていたところに偶然このバーを見つけ、それで決めた。

ビールを飲み終え、ウイスキーのロックを注文する。ひとつあいた隣の客と眼が合い、会釈され、軽い会釈を返す。アルコールは一日二杯までと決めている。最後の一杯の最初のひと口を大切に舐める。

「プレイですか？」

その声に顔を向けると、隣の男が自分を見ていた。なんのことかわからずグラスに視線を戻す。

「あの、ほんとにプレイなんですか？」

苦笑が混じった声。声と同調する表情が、薄暗い照明の下で見て取れた。理解できず眉を寄せる。話しかけられて迷惑だという意思表示の意味もある。

「ここで会うの三回目なんですけど」

無視した。

「ここじゃないところでは毎日会ってるんですけど」

「はい？」

男の顔には濃淡の影が落ちている。まつ毛の影が長い。

「僕、部下なんですけど。鈴木さんの」

「え」

「この四月から。鈴木さんの後ろのデスクなんですけど」

「ああ」

と言ったのは、彼を思い出したわけではない。後ろのデスクなら別のチームだから覚えていなくてもしょうがないと思ったのだ。

「見覚えありませんか？」

そう訊かれると、これといった特徴のない顔に覚えがある気がした。

「なんとなくあります」

正直に答える。

「なんとなくですか？」

「別のチームですから」

「名前はわかりますか？」

「わかりません」

自分が所属する部署には、この春四人が異動してきた。いずれも別のチームだから直接の関わり合いはない。

「二ノ宮《にのみや》です」

「ああ」

名乗られても、二ノ宮の顔に特徴は生まれない。最も印象に残りそうなのはまつ毛の影だ。自分は、他人の顔や名前を覚えるのが不得意だ。不得意というより、覚える努力を無意識のうちに怠っている。

「それではお先に失礼します」

二ノ宮は一礼してから店を出ていった。

ふと、ていねいに生きる、という言葉が浮かんだ。このあいだ病院で、もっとていねいに生きればよかった、と父親は言った。生の土台が崩れ、死へと傾いていくなか、もっとていねいに生きればよかった、とこれまでの六十三年間を振り返ったのだろうか。

自分がていねいに生きているかと考えたとき、肯定の言葉は出てこない。だいたい会社の人間の顔も名前も覚えない日常なのだ。自分も死の間際、ていねいに生きればよかった、と父親のように振り返るのだろうか。

死を考えると、鮑《あわび》が浮かぶ。

大学生のとき、ゼミの合宿で海沿いの旅館に泊まった。最後の夜、打ち上げと称して海岸でバーベキューをした。焼き網にはさまざまな食材が乗せられた。肉、ソーセージ、魚の一夜干し、野菜。みんなよく食べ、よく飲んだ。あちこちで笑い声と歓声があがった。

焼き網に最後に乗せられたのは、旅館から差し入れられた鮑だった。鮑は、大きく、厚く、まだ生きていた。熱せられるにつれて、磯の匂いが濃くなった。

いきなり鮑が動き出した。ぐるり、と右に大きく回転したかと思うと、左にうねり、と回った。焼かれながら鮑は、ぐるり、うねり、ぐるり、うねり、と貝から身をはずそうとする勢いだった。

のたうちまわる鮑に心を捉えられた瞬間、自分のなかに円条の祖母が降りてきた。神様、と叫びながら燃えていく姿を、見てもいないのに思い出した感覚だった。

焼き網の上で鮑は、神様、と叫んでいた。生と死のあいだで、自分だけの神様を呼んでいた。

神様は、生と死のあいだにいる。中学三年のときにもそう思った。もしそうだったら、たとえ自分が幽霊であっても、神様を通じて生きている人間とつながることができる、と。

ナイフで六等分にされ動かなくなった鮑を見下ろしながら、生と死のあいだに立たなければ神様を感じられないのだろうか、と考えた。

賃借しているマンションはバーから十五分の場所だ。

マンションの近くには児童公園があり、その隣に崩壊しそうな木造家屋がある。庇《ひさし》が歪み、三角屋根は壊れ、家全体が大きく傾《かし》いでいる。おそらく空き家だろう、電気がついているのを見たことがない。家の前には、サドルのない自転車と犬のいない犬小屋が放置されている。

その犬小屋に猫の親子が住みついているのをこのあいだ知った。母親らしい三毛猫と、手の平大の子猫たち。餌をやる人がいるらしく、アルミの器が置いてある。

猫の親子は、犬小屋の外にいた。子猫たちは自転車のスポークで遊び、母猫はさり気なくその様子をうかがっている。子猫は四匹いる。三毛が二匹と白と白黒が一匹ずつ。数日前に見たときは六匹いたのだが、死んだか拾われたかしたのだろうか。

コンビニで買った猫缶を置こうと近づくと、母猫が毛を逆立てた。さらに近づくと、身を低くした。

猫缶を地面に置く。それでも母猫は警戒を解かない。子猫たちは母の緊張に気づかず、自転車のスポークをアスレチック遊具代わりにしている。いなくなった二匹がさらわれるか拾われるかしたとき、この母猫はどうしたのだろう。歩きながら振り返ると、母猫は丸く光る眼でまだ自分を見ていた。

　マンションのオートロックを解除し、自動ドアを通った。エレベータのボタンを押したとき、すぐ背後に人の気配を感じた。反射的に振り返る。

「円条」

　理解するよりも先に声が出た。

## ペテン師　2

「今日の依頼人は、六十代の主婦。今の家に引っ越してから悪いことが立てつづけに起きているそうです。夫は原因不明の腹痛で入退院を繰り返し、息子はリストラされ、末の孫は交通事故で死亡」

　原稿を読みあげるように説明すると、まあ、こんな感じっすね、と裕也は鼻で笑った。

　あたしは言葉がでなかった。赤信号で車が停まってから、「やめようよ」とやっと言った。

「なんでだよ。やりがいあるじゃないっすか。救ってあげましょうよ」

片手でハンドルをつかんでいる裕也は、スーツとネクタイでなければドライブを楽しんでいるような気楽さだ。

「無理だよ」

「いつものでいいじゃないっすか。このへんに昔死んだひとがいる、ってやつ」

「できないよ」

あ、そうだ、と裕也はスーツのポケットからメモを取りだした。信号が青に変わり、後ろからクラクションを鳴らされた。

「息子、四十一歳はリストラされたのち失踪だってさ」

「え」

「ん？」

「それでどうなったの？」

「なにが」

「だから、失踪して」

「んなもんわかるわけないじゃん、失踪してんだから。まあ、どっかで死んでんじゃないの？　樹海とかさ」

と、意味ありげな笑みを向ける。

ひとが消えるなんて珍しいことじゃない。小学生だったあたしにそう教えたのは姉だった。毎年十万人が行方不明になってるんだ。そのほとんどが自分の意志で消えてんだよ。十万人ってこの市の人口の半分だよ。

この市の半分という思いがけない多さにおののきながらも、お母さんが自分からいなくなるわけないよ、と反論した。姉は、ふん、と乾いた息を吐いた。

残されたやつはたいていそう言うんだ、あのひとに限って失踪するわけがない、ってね。

「あ、やべ。塩忘れた」

裕也はコンビニの駐車場に車を滑らせた。塩と半紙買ってくるわ、と車を降りた後ろ姿は、まっとうなスーツを着ている分いっそううさん臭く見えた。

なにやってんだろう。息子が失踪し、孫を失くしたひとの家に行って、あたしはなにをするつもりだろう。

顔を右に向けたら、朱色の鳥居が視界に飛びこんできた。思考より先に心臓が反応した。思考が追いつく前に、助手席のドアを開けていた。

うちの近くだ。

小学校からの帰り、あの鳥居の前で千鶴ちゃんと別れた。千鶴ちゃんは右に、あたしは神社のなかを通って帰った。あのころ、こんなコンビニはなかった。大きなマンションもテラス席のあるカフェもなかった。

あたしは道路を渡って、朱色の鳥居をくぐった。樹木と土のにおいに包まれる。鳥居を境目に、時間の流れがゆるやかに変わった。

参道を横切る砂利道を歩いていくと、時間の膜を隔てた場所に赤いランドセルを背負った自分がいる気がした。

このまちを最後に訪れたのはいつだろう。母がいなくなり横須賀に引っ越してからも、よく来ていた。学校が休みの日に、学校の帰りに、学校に行かずに。何度か補導された。そのたび、父が迎えにきた。そのときはまだ首に巻きついた恐ろしいものがはっきり見えた。それもしだいに薄れていき、やがて父にまとわりつく不吉な気配を感じるだけになった。

以前住んでいた家は、増改築されていた。外壁が変わり、玄関のドアが新しくなっている。アスファルトのカースペースができ、空色のコンパクトカーの後部座席にはチャイルドシートがあった。あたしたちが引っ越してから「藤森」に替わった表札は「島」になっている。

あたしは家の前のゆるやかな坂道を下っていった。

風景がまるごと差し替わっている。いくら歩いても、キャベツ畑も野菜直売所も現れない。一帯はきれいに区画整理され、北欧風のこぢんまりとした住宅が並んでいる。竹林だった場所には企業の保養施設が建ち、竹はわずかに残っているだけだ。

国道に突きあたる。ジュース工場の跡地は、陸上競技場になっていた。敷地に入ると、スタジアムは使われていないらしくゲートが閉じていた。スタジアムの外には、スケートボードをするひととジョギングをするひとがいた。

四次元冷蔵庫がどのへんにあったのか、小学生のころの地図を描くことができない。なにもかもがあのころと変わっている。そんな冷蔵庫がほんとうにあったのか、顔に傷のある男がほんとうにいたのか、不穏な雲があたしのなかに広がっていった。

千鶴ちゃんが浮かんだ。彼女の家なら覚えている。

あたしは、千鶴ちゃんにどこまで話しただろう。あの夜、傷の男が母を追いかけていたことは言っただろうか。その男が仲間と一緒に、四次元冷蔵庫を運び去ったことは？　姉が怪しいことは？　父も疑えることは？　誰もあたしの話を聞いてくれないことは？

千鶴ちゃんは、あたしが話したことをどこまで覚えているだろう。教えてほしい。なにがほんとうで、なにがほんとうじゃないかを。

来た道を戻り、神社を通って鳥居を抜けた。そこで腕をつかまれた。裕也だった。

「おまえ、なにやってんの？」

珍しく真顔だ。

「友達のうち」

答えながら、視線は千鶴ちゃんの家のほうへとさまよった。この道をまっすぐ行き、ふたつめの信号を左に入ってすぐのところだ。

「あたし、友達のうちに行かなきゃ」

「なんだそれ」

「訊きたいことがあるの」

「おまえなに言ってんの？」

「いま思い出したの」

裕也はあたしの腕を放し、わずかに眼を細めた。

「それってこの近くなのか？」

「すぐそこ」

と、あたしはふたつめの信号を指さした。

裕也は腕時計に眼を落とすと、車に戻れよ、と低く言った。あたしは首を横に振る。

「ちがうって。車で連れてってやるから早く乗れって」

ふたつめの信号を左に入ったところは、ホームセンターの駐車場になっていた。

「ここなのに」

「へえ」

「ここのはずなのに」

「それは残念」

千鶴ちゃんの家があった場所が後ろに遠ざかっていく。いまのあたしがどこからつながっているのかわからなくなる。学校から帰って母のパンを食べたこと、千鶴ちゃんの家に泊まったこと、みんなでジュース工場の跡地に行ったこと。それらはほんとうにあたしの過去なのだろうか。

車は、高いブロック塀に囲まれた一軒家の前で停まった。黒い瓦屋根が陽射しを反射している。

「大丈夫か？」

車を降りると、裕也に肩を揺すぶられた。軽い力だったのに、足がぐらつき倒れそうになった。

「これ終わったらどっか行くか。南の島でもさ。だからうまくやれよ」

裕也はなだめるように言い、あたしの頭を撫でた。

その家の玄関には大きな姿見があった。あれほど母に瓜二つだと言われていたのに、そこに映ったのは乾いた顔と痩せ細った体の亡霊のような女だった。

ストローのように細い空は灰色だ。

少し開けた窓から、雨のにおいが入りこんでくる。小学校の靴箱を開けたときのにおいに似ている。

四畳半の部屋にいる。三通のメールに返信したところだ。

裕也は一昨日の夜から帰っていない。あの依頼人からもらった金額が想像以上に大きかったことは顔を見ればわかった。おまえ、なんか欲しいもんないの？　と帰りの車中で訊かれたけれど、思いつくものはなかった。

あの日、依頼人の家にあがってもなにも感じなかったし、不吉な黒い靄も見えなかった。依頼人はよくしゃべった。なにより、失踪した息子の身を案じていた。「生きていますよね？」と何度も訊かれ、そのたび「生きています」と答えた。「どこにいるかわかりませんか？」すがりつくような問いかけに、あたしは無意識のうちに眼をとじて、まぶたの裏に浮かびあがるものを待った。なにも浮かんではくれなかった。

依頼人からもらったお金を手に、裕也はひとりで南の島に行ったのかもしれない。

台所に行って冷蔵庫を開けた。缶ビールとミネラルウォーターと烏龍茶《ウーロン》、食べ物はスモークチーズと魚肉ソーセージと賞味期限が過ぎたコンビニの焼きうどん。缶ビールとスモークチーズを手に取った。

ビールを飲んだら、飲んでいる最中から酔いがまわった。胃が冷たくて熱い。痺れてもいる。痛いのかもしれない。

ベッドに横になったとたん、睡魔に押さえこまれた。変な夢をみそうだと予感する。

あの男が現れた。顔に傷がある男。眼の下には、黒い涙みたいに大きなほくろがふたつ並んでいる。

年月がたつにつれて、あの夜のことがあやふやになっていく。結局、母になにが起こったのかわからないままだ。殺された。連れ去られた。死んでしまった。考えれば考えるほど、暗い穴に落ちていくようだった。お母さんがいない——たしかなのはそれだけだ。

肩をつかまれた。強い力で揺すぶられる。

「おいっ、おいっ」

間近で声がした。

薄闇のなかに裕也の顔があった。アルコールのにおいがする。

「ちょっと起きろって。おまえ、やっぱすげえよ」

窓から差しこむ夜のあかりが、裕也の顔をまだらに照らしている。眼の真ん中が妙に輝いて見える。

「おまえ、前に、樹海でなんかしたのって訊いただろ？　ほら、富士宮ではじめて会ったときに」

「スキンヘッドのひとのこと？」

「いままで言わなかったけど、あいつ、あんとき樹海で骨拾ったんだよ。人骨。それをさ、ネットで売ったわけ。呪いの骨、つって」

まくしたてながら、あたしのシャツのボタンをはずしはじめる。

「それでさ、買ったやつからおもしろいメールが来たんだってよ。嫌な上司のデスクにこっそり入れておいたら、その上司、交通事故に遭いました、ありがとうございました、って。すげえ、まじで呪いの骨かよ、黒魔術かよ、って大笑いしたの一ヵ月前だぜえ」

シャツを脱がすと、ジーンズに手をかけショーツと一緒に引きおろす。

「なあ、それ一ヵ月前だぜ。おれたち、大笑いしたんだぜ」

裕也のテンションはどんどんあがっていく。声に荒い呼吸が混じっている。自分のジーンズをおろし、あたしの足をひらかせた。乱暴に指を使い、一気に挿入する。

「そしたらさ、あいつ、死んだんだよ。階段から落ちて、首の骨折って死んだんだって。なあ、嘘みたくねえ？」

あたしの肩を押さえつけ、腰を激しく動かしながら裕也は笑いだした。

「なあ、これ、ほんとだぜ。おまえ、見えてないなんて嘘だろ？　占いだってビシバシ当たってるみたいだもんな。だから稼げるんだもんな。なあ、あんとき、なに見たわけ？　おまえ、巫女？　霊能者？　こんなことしたら、おれ、バチ当たる？」

ひいひいと裕也は笑う。

膣と腰骨が痛い。もっと痛むところがあるのに、それがどこかわからない。木の人形になった気がした。ううん、ちがう。眼も鼻も口もない藁《わら》人形だ。憎しみや怒りや恐れを込めて打ちつけられているみたいだ。

なにやってんだろう。あたし、ほんとになにやってんだろう。

鈴木愛子、と自分の名前を心でなぞり音に変換してみたら、長いあいだ鈴木愛子だということを忘れていた気持ちがした。

──愛せるひとになってほしいの。

母の言葉を思い出した。

小学生だった。自分の名前の由来を調べてくる宿題が出たときのことだ。きちんと訊いたことはなかったけれど、愛される子になってほしいから愛子なのだろうと、それまで思っていた。

母はふっと笑い、なつかしいな、と一瞬ひどく幼い表情になった。

「お母さんが小学生のときも同じ宿題が出たんだよ」

ずいた。

「ねえ、愛される子になってほしいから愛子でしょ？」

先まわりして言うと、母は首を横にゆっくりと振ってから、思い直したように急いでうなずいた。

「そう。島の小学校で」

「島の小学校で？」

「え、どっちなの？」

母のしぐさがおかしくて、あたしは笑ったはずだった。

「愛されるのもそうだけど」

と、母は恥ずかしそうにほほえみ、あたしを見つめ直した。

「愛せるひとになってほしいの、自分のことを」

そう言って、あたしの鼻の頭を人差し指でつついたのだった。

「自分のことを愛せたら、それだけで幸せになれるから」

あのとき、母の名前の由来も訊いたはずだ。どうしてお母さんは一子なの？　と。母はなんて答えたのだったろう。


島に向かうフェリーに乗っている。

正面から冷たい風が吹きつけ、湿った髪の毛がぱたぱたと頬を叩く。五月も終わるのに、空気にきんと尖ったものがまぶされている。

デッキにいるのは、あたしだけだ。さっきまでいた大学生らしい男女のグループは、写真を数枚撮ると、さみいさみいと大騒ぎしながら船内に入っていった。

空と海のぶつかるところが煙った帯になっている。青と灰色が合わさった薄い色。その帯に重なるように島影が見える。たぶんあれが母が生まれ育った島だ。

午前三時過ぎに裕也のマンションを出てから、もう十二時間以上たっている。まだ十二時間という気もする。フェリーに乗ってからは一時間。あと三十分ほどで着くはずだ。

荷物はトートバッグしかない。アパートを引き払ったときのように帰る場所はない。裕也のところにも帰れないし、帰るつもりもない。

ジーンズとトランクスを膝までおろした格好で、裕也はいびきをかいていた。彼の財布には十万円以上入っていた。

だって思いついてしまったから。小学生のお母さんに会いにいこう、と。一子の由来を知りにいこう、と。

母は、島についてほとんど口にしなかった。だから、あまり気にとめなかった。いま振り返ると、母の過去は薄っぺらだ。北の小さな島で生まれ、両親を早くに亡くし、東京にやって来て結婚した。それがあたしの知る、あたしが生まれるまでの母の人生のすべてだ。

アナウンスが流れた。まもなく島に到着するらしい。

さっきまで斜め左に見えていた島が、大きくなって真正面でかまえている。カモメがせわしなく飛びまわっている。クアー、クアー、クアー。かん高く単調な鳴き声に、心細さがせりあがってきた。

島の港は、思ったよりもにぎやかだ。

ホテルに旅館、おみやげ屋、海産物屋、食堂などが連なっている。クレープやジェラートの店まであるけれど、どちらもシャッターが閉まっていた。軒先で魚や貝を焼いている食堂があり、フェリーを降りたばかりの観光客が群がっていた。

「おいしーいっ」

弾けるような声をあげたのは、棒に刺さった魚を食べている女たちだった。

おなかすいた、と唐突に思い、えっおなかすいた？　と自分自身に軽く驚く。しょう油の焦げるにおいが胃袋に直接届き、耳下から唾がにじみでた。あたしは食堂に向かって歩きだした。

港からいちばん近いホテルにした。道路を渡ってすぐの小高い場所にあり、増改築を繰り返したらしくつぎはぎの印象だ。フロントにあったリーフレットには、この島で最初にできた老舗ホテルと書いてあったけれど、老舗らしい趣や重厚さは感じられない。

ゴールデンウイークが終わって宿泊客が少ないのか、女ひとりでも大丈夫だった。

若い仲居に、母の旧姓をフルネームで告げて、「っていうひと、知ってますか？」と訊いてみた。

「いえ、知りませんけど。誰ですか？」

彼女は訊き返した。化粧をしていないぴちぴちした顔は十代に見える。この島の子だろうか。

「最近のアイドルとかですか？　わたし、あんまりそういうのに興味なくて」

と、申し訳なさそうだ。

期待していなかったから、がっかりはしなかった。だいたい熊金一子という名前でアイドルはないだろう。

「ちがうの。ちょっとした知り合いなの」とっさに言っていた。「この島の出身だって言ってたのを思い出して、それで訊いてみただけだから」

なぜだか母だと告げることに、うっすらとした恐れがあった。

シャワーを浴びて、海風でべたつく髪と肌をていねいに洗った。さっき食べたニシンとツブ貝を順調に消化している胃の働きを感じた。

冷蔵庫からミネラルウォーターを出して窓の外を眺めた。すぐそこに、陰りかけた海がある。

波の音がしている。

すすり泣きのようにも、ささやき声のようにも聞こえる。

半分ほど覚醒したあたしは、夏休みに母と行った日本海を思い出していた。

――お母さん、どこに行くんだろう。これから。死んだら。どこ行くんだろう。

あたしにしがみついて、熱い息でそう言った。

母はどこに行ったのだろう。どこに行きたかったのだろう。あのときすでに、自分がいなくなることを予感していたのだろうか。

眼をあけると、部屋は真っ暗だった。

波の音に包まれている。壁も、窓も、皮膚もすり抜けて寄せては引いていく。

時計を見ると、十時前だった。ニシンとツブ貝はすっかり消化され、健全な空腹感が、なにか食べたい、とあたしに思わせた。

夕食券の利用時間は九時までだ。一階におりてレストランをのぞくと、照明はすでに半分落とされ、若い従業員が皿やコーヒーカップを片づけていた。

ホテルを出た。眼の前に黒くどろりとした海が広がっている。波の音は重厚で、部屋で聞いたときより荒々しく響く。

まだ夜の十時なのに深夜みたいだ。車も人も見えない。港に向かっておりていくと、道路沿いに白い看板と赤いちょうちんが見えた。

カウンターとテーブル席がふたつあるだけの店だった。

男がふたりカウンターにいた。中年と年寄り。どちらも赤黒い顔に深いしわを刻み、機嫌よく酔っ払っている。

「あら、観光のひと？」

カウンターのなかには、店主らしい五十歳くらいの女がいた。茶色く染めた髪にきついパーマをかけている。あたしは、はい、と答えて入り口近くのテーブル席についた。

「どっから来たのさ」

と、カウンターの中年男。

「東京です」

「ひとりでかい？」

「はい」

「へー。ひとりでこんな島にねえ」

壁に貼られた黄ばんだメニューから、おにぎりとほっけの開きと鉄砲汁を選んだ。飲まないのかい？　と笑顔ですごまれ、生ビールを注文する。

「熊金っていうひと知ってますか？」

ビールに口をつけてから訊ねた。

くま、がね？　と店主は首をひねった。

「男？　女？」

「女です」

「島のひと？」

「はい。あ、いえ、もう住んではいないんですけど」

「聞いたことないなあ。あんた、知ってる？」

「いや、知らねえなあ」

中年男は答えると、イソさんは？　と隣の年寄りを向いた。

だんっ、と年寄りがカウンターを叩いた。

「おまえ、熊金のなんだっ」

あたしを振り返ったその形相は、怒りで歪んでいた。しわに埋もれた小さな眼はつりあがり、白い泡がにじんだくちびるは小刻みに震えていた。

「イソちゃん、どうしたの？　酔っ払ったの？」

「おれはな、ああいうやつらが大っ嫌いなんだ。おれの親父はな、あのババアにたぶらかされて大金巻きあげられたんだよ。ペテン師だよ、ペテン師。だからろくな死に方しなかったんだ。ざまあみろだよ、バチが当たったんだ」

「おいおい。イソさん、どうしたんだよ？」

中年男が肩に手を置く。その手を振り払い、年寄りはいっそう声を荒らげた。

「熊金のババアはとっくにいねえぞっ。ばかやろうっ」

帰るっ、と怒鳴って、年寄りはふらつきながら店を出ていった。

あたしは呆然としていた。

なんなのあのひと、と店主の呆れた声がした。

「熊金っていうひと、おばあさんなの？」

「いえ。おばあさんではないですけど」

母は五十三歳になる。

「え、そのひと五十三なの？　五十三をババア呼ばわりするってどういうつもりかしら。自分こそ死にぞこないのジジイじゃないの。ねえ」

母のことではないはずだ。だって、母は何十年も前にこの島を出ている。

「イソさん、呆《ぼ》けちゃってひとちがいしたんだよ」

「ねえあんた、ほんとに知らないの？　その熊金ってひと」

「うーん。ここもけっこう出たり入ったりが激しいからなあ。まあ、出ていくほうがだんぜん多いんだけど。おれは、生まれてから三十七年ずっと島暮らし」

男は鼻に人差し指をあて、にかっと笑いかけてきた。五十近くだと思っていたからびっくりした。

「わたしは二十年前に来たの。逆輸入ってやつ？」

店主が笑うと、逆輸入ってことないべさ、と男も笑った。

いまになって鼓動が激しくなってきた。

さっきの年寄りは、誰のことを言ったのだろう。母のことではないとしたら、死んで日本海のどこかにいるという母のお母さんのことだろうか。それとも、まるっきりの他人だろうか。

──ペテン師だよ、ペテン師。

それは、あたしのことだった。あたしがしていることは、あんなふうに罵倒されても言い訳できないことなのだ。

愛せない、と思った。お母さん、ごめんなさい。愛子なのに、ごめんなさい。

次の朝、食欲は消え失せていた。それでも朝食券を持ってレストランに行った。和洋食のバイキングだ。焼き鮭、昆布巻き、玉子焼き、ロールパン、スクランブルエッグ、ソーセージ。そのどれも咀嚼するイメージが伴わない。

ティーバッグの紅茶に、砂糖と牛乳を入れて飲んだ。ヨーグルトは持ってきただけで手をつけていない。

母娘らしいふたりが入ってくるのが見えた。慌てたように歩いてきた。と思ったら、あたしのテーブルで立ちどまった。顔をあげると、若いほうは昨日の仲居だった。着物を着ていなくても、ぴちぴちと弾けそうな顔ですぐにわかった。

「熊金一子?」

そう訊いたのは、母親らしい女だ。

「え?」

あ、すいません、と仲居が口を挟む。

「昨日訊かれた熊金一子ってひとなんですけど、お母さんに訊いたら知ってるって。すぐ会いにいきたいって言うから、すいません、連れてきちゃいました」

いっちゃん、と母親はためらうようにつぶやいた。

「いっちゃん、元気なの? どうしてるの? わたし、百合。いっちゃんと中学校まで一緒だったの。あなたは？　あなたはいっちゃんとどんな関係なの？」

あたしは立ちあがっていた。

「娘です」

お母さん、見つけた。心のなかに自分の声が響いた。

その女のひとは、砂子間《すなこま》百合と名乗った。婿養子を迎えたから旧姓も同じだと言う。

母はどうしているのかと訊かれ、あたしは答えることができなかった。十五年前に……、とつぶやいたら、それ以上の言葉が見つからなかった。嘘でしょ、と百合さんは小さく悲鳴をあげ、長い沈黙を挟んで、病気かなにかで？　と涙を浮かべて訊いてきた。あたしが曖昧にうなずくと、早すぎるよ、と目尻をぬぐった。

「お母さんからわたしのこと聞いてない？」

そう訊かれて、正直に答えるのが申し訳なくなった。百合さんは眉を寄せて涙がこぼれるのを懸命にこらえている。

「小学校から中学校までずっと一緒だったの。よく遊んだんだよ。わたしは結婚してこの島に戻ってきたけど、いっちゃんは一度も戻らなかったみたいだね。いっちゃん、島を出るとき、手紙くれるって言ったのにくれなかったんだよ」

あたしは、この島にいたいっちゃんを想像してみた。

よく笑う。よく泣く。友達がたくさんいる。太りぎみなのがちょっと気になるけれど、それほど悩んでいるわけではない。友達との話題は、たいてい好きな男の子のこと。いっちゃんにも気になる男の子がいる。

想像のなかのいっちゃんは、この島で生まれ育ったのびやかな少女だった。髪の毛からも、肌からも、海のにおいがしたのだろう。耳の奥には、波の音がさざめいていたのだろう。夏はひたいに汗をにじませて、冬はオーバーで着ぶくれして、跳ねるような足どりで学校に通ったのだろう。

――ペテン師だよ。

ふいに年寄りの声がよみがえり、いっちゃんは萎んでいった。

「これが島にひとつしかない信号。別にいらないんだけど、子供たちが信号の渡り方知らないと、島から出ていったときに困るからね。わたしらが子供のときはなかったけど」

百合さんが運転する車に乗っている。

海沿いの片側一車線の道は、島を一周しているわけではなく、途中で行きどまりになるらしい。その行きどまった場所に、母は住んでいた。

曇り空を映した海は灰色だ。海面がゆったりと盛りあがり、また沈む。大きな岩が重なる海岸で波しぶきが白く弾けている。

「いっちゃんが、わたしのこととかこの島のことを愛子さんにしゃべらなかったのは、しゃべりたくなかったからだと思うよ」

前を見据えたまま百合さんは言った。陽に焼けた横顔に思いつめたような表情が張りついている。

「ここがわたしんち」

車のスピードをゆるめて左側を指さす。

二階建ての大きな家。屋根と柱が和風で、外壁とベランダが洋風だ。門も塀もなく、どこまでが敷地なのかわからない。家の背後は、木々が茂った小高い山だ。

そこから二、三分走ったところで、百合さんは車を停めた。舗装された道が行きどまり、その先は雑草が生えた丘だ。〈この先立入禁止〉と赤い文字の看板が立っている。

百合さんに続いて車を降りた。どこに行くのだろうと思ったら、林のなかに入っていった。

木々のあいだを縫う道が、山の途中まで続いている。

枯れ葉や枯れ枝が落ちた地面は、湿って滑りやすい。木々に囲まれているのに、波の音がすぐそこから聞こえるのが不思議だ。まるで無数の手を伸ばすかのように、潮騒は上へ上へと追いかけてくる。

こめかみから冷たい汗が流れ、めまいがした。空気を求める自分の呼吸が、野獣みたいに大きく響く。

「大丈夫？」

百合さんが訊いてくる。

「すみません。体力なくて」

「痩せてるもんね」

あたしは足をとめて振り返った。眼下にあるはずの海は、色の淡い葉の重なりに隠れて見えない。

地面はしだいにぬかるんでいく。丸太で補強されて階段らしくなっているけれど、丸太の多くは腐ったり折れたりしている。

階段をあがりきると、平地だった。くるぶしほどの雑草が生えている。お地蔵さんが三体、奥に並んでいる。三体とも内側から水が染みだしているように黒く、あちこち崩れたり欠けたりしていた。その手前に、一部だけ土がこんもり盛りあがったところがある。

「ここ」

そう言って、百合さんはあたりを見まわした。

「いっちゃん、ここに住んでたの」

「ここ、って？」

「焼けちゃったんだ」

「あの……」

「ねえ。いっちゃんは幸せだったのかな？」

「わかりません」

いま考えても、ほんとうにわからない。

「あの、ペテン師って誰のことですか？　熊金って名前を言ったら、ものすごく怒ったひとがいて……。ババアに金を巻きあげられたって」

「いっちゃんは、かわいそうな子だったかもしれない」

百合さんはきっぱりと言い、お地蔵さんのほうに体を向けた。

「わたしもよく知らなかったんだけど、いっちゃんのうちは、昔から神様って呼ばれてたんだって。霊媒師みたいなもんなのかな。女系家族でね、娘たちが神様を継いでいくらしいんだけど、わたしが子供のころは、いっちゃんのおばあちゃんが神様って呼ばれてたの」

じゃあ、ペテン師のババアというのは、お母さんの祖母にあたるひとのことだろうか。

「いっちゃんには、お父さんもお母さんもいなかったから、あのままいけばいっちゃんが次の神様になったんだろうね」

そう言って、お地蔵さんの斜め上を指さした。焦げ茶色の地面が剝き出しになっている場所がある。

「あっちにもっとたくさんお地蔵さんがあったんだよ。でも崖崩れでなくなっちゃった」

「神様はかわいそうなんですか？」

そう訊くと、百合さんは体をこちらに戻した。

「あのさ、あげまんってわかる？」

「あのあげまん、ですか？」

「そう。そのあげまん」

くちびるの形だけで笑ってみせた。

ほんとかどうかわかんないよ、と子供のように雑草を蹴りつける。

「ずっと昔は、神様と寝ると運がつく、そう言われてたこともあったんだって」

ひと息に言うと、くだらないよね、と吐きだした。

「もちろん、わたしらの時代はそんなことなかったと思うけど。でも小さな島だもの、いろいろ言うひとがいたんじゃないかな」

百合さんは、彼女が知る限りの母について教えてくれた。

百合さんの家でよく遊んだこと、海岸にある岩に登ったこと、走るのが遅かったこと、宝塚を知らなかったこと、澤村くんという同級生と噂になったこと。

そこだけ聞いていると、さっき思い浮かべたいっちゃんそのものだ。よく笑いよく泣く、島で生まれ育ったのびやかな少女。けれど母は、中学三年生の夏休みにこの島を逃げるように出ていった。

「あの、一子っていう名前の由来は知りませんか？　小学生のときの宿題だったって言ってたんですけど」

ああ、と百合さんはなつかしいものと向きあう眼になった。

「一等賞になるように一子、ってつけられたんだって」

「一等賞、ってなんのですか？」

「自分の好きなことだって」

母の好きなことってなんだったのだろう。

「でも、いま考えるとちがったのかもしれない」

「ちがうってどうしてですか？」

「愛子さん」

と、呼びかけた百合さんは真剣な顔をしていた。

「あなた、お兄さんか弟さん、いる?」

「いえ、いませんけど」

そう答えたら、百合さんはまつ毛を震わせながらあたしの腕をつかんだ。

「じゃあ、あなた、ひとりっ子なの?」

「姉がひとりいますけど」

百合さんは、そう、とつぶやいて、ごめんなさいね、と手を放した。

「それじゃあ、まあ、うん、まだよかったのかな」

笑えばいいのか悲しめばいいのか、百合さんの顔には迷いがちらついていた。

## 鮑の神様 2

とりあえず二十万円、円条に渡した。

円条が、とりあえず二十万、と言ったからだ。自分の居所を調べるため調査会社に支払った費用だそうだ。それがエレベータの前で円条が発した最初の言葉だった。

「うまいことやってるみたいだな」

第二声は、マンションからコンビニに向かう途中だった。うまくやってる、ではなく、うまいことやってる、という言い方が気になった。

コンビニのＡＴＭで引き出した紙幣を渡すと、円条は黒いジャンパーのポケットに無造作に突っ込んだ。コンビニの照明が、円条の大きな顔を容赦なく照らす。ニキビの跡なのか凹凸が目立つ皮膚は十八年前のなめらかさを失っていた。

ジャンパーのポケットに両手を入れ、円条はうつむいたまま自動ドアへと向かう。靴のサイズが合っていないのだろう、歩くたびに安っぽい音が鳴った。

コンビニを出ると、円条はかがんで靴紐を結び直した。生地が擦《す》り切《き》れた黒いスニーカーだ。黒い髪のなかにつむじを見つけ、安堵した。十八年前と変わらないものがある。

「いい会社に勤めて、いいマンションに住んでるんだな。鈴木ならうまいことやると思ってたよ」

薄ら笑いを浮かべた円条は、自分と眼を合わせようとしない。羽虫を追うような不安定な視線だ。

「言ってくれないのか？」

そう訊かれ、円条が欲している言葉を探した。どうしてるんだ？　ではない気がする。元気だったか？　でもないだろう。それじゃあ、力になってやろうか、といった類のことだろうか。それとも、会えて嬉しい、とでも言えばいいのだろうか。

ほら、と円条は頭に手を当てる。

「背伸びたんだな、ってどうして言ってくれないんだよ」

そう言うと、きつきつきつと笑い声をあげた。円条はこんな耳障りな笑い方をしただろうか。

「実は初めから期待してたんだ。医療少年院なら、俺の背を伸ばしてくれるんじゃないかってね。医療と少年の言葉の組み合わせが、そう期待させたんだろうな。でも、まじで伸びた。一気に二十センチだぜ」

言い終わり、また耳障りな笑い声をたてようと息を吸い込む。

「円条」

強く呼ぶと、円条は背を向けた。

円条、ともう一度呼ぶことはできなかった。まだ彼が欲する言葉を見つけていない。ただ笑い声を聞きたくなかっただけだ。

「それじゃ、うまいことやってくれよ」

円条の後ろ姿を見送りながら、いまの自分はうまいことやっている顔なのだろうか、と考えた。

＊

十八年前、三人でいるところを捕まった。早朝のすすきのだった。舗道にはごみと吸い殻が散らばり、太ったカラスがごみを奪い合っていた。

いくつかの靴音に気づいたときはすでにスーツを着た男たちに囲まれていた。男たちの後ろには、制服の警官がふたりいた。

「円条君だね、円条ヒカルくん」

男のひとりが言った。円条が答えないうちに、

「訊きたいことがあるから、ちょっと来てくれるかな」

と続け、ふたりの男が円条の両腕をつかんだ。円条は抵抗しなかった。デルタがひじで突きながら、ケージだよ、ケージ、といちごガムの匂いでささやいた。

円条は、路肩に停めてあった黒い車に乗せられた。自分とデルタに声をかけてきたのは、ふたりの警官だった。

札幌には父親が迎えに来た。デルタを迎えに来たのは担任だった。

「家が嫌か？」

飛行機のなかで父親はそう訊いた。うなずくと、そうか、とだけ言った。

あれきり円条と会うことはなかった。

円条は、祖母を殺していた。灯油をかけ、火をつけたらしい。それを知ったとき、理解できない妄想に憑かれた。

——自分がやるべきことを円条が引き受けてくれた。

そう思えてならなかった。もし、円条が彼の祖母に火をつけていなければ、自分が自分自身に火をつけていたような気がした。

だから、かみさまー、と叫ぶときの喉の熱さを感じられた。炎に包まれた皮膚の痛みを重ねられた。自分から噴き上がる火の手を見ることができた。

自分の内にはバチがくすぶっている。だから自分はよく燃えるだろう。そう思った。

＊

立ち上がると、視界が傾いた。バランスを崩しスツールにつかまる。スツールごと派手に倒れた。大丈夫ですか？　といくつかの声が落ちてきた。大丈夫です、と立ち上がろうとするが、うまくいかない。そのうち抱え起こされた。

すみません、と言ったら二ノ宮だった。

「ええっ、泣く？」

「え？」

「あ、ちがうか。いま一瞬、泣きそうな顔に見えたから」ははっ、と二ノ宮は軽薄に笑う。

「鈴木さんの顔でも、泣きそうに見えることがあるんですね」

腕を支えられ、アンモニア臭漂う路地に出た。

円条が訪ねてきた日以来、一日二杯までという決め事を破っている。

「鈴木さんがこんなに酔っ払うなんて意外ですね」

「店にいたんですね」

「いましたよ。気づいていただけなくて残念です」

「そうですか」

「袖、破れちゃってますよ」

「そうですね」

「転ぶほど酔ってるのにクールですね」

「私、うまいことやってる顔をしてますか？」

眼の前の顔に焦点が合わない。これは誰だろう、自分は誰に向かってしゃべっているのだろう。ぼやけた顔が膨らんでいく。くちびるが開く。耳障りな笑い声が聞こえそうで身構えた。

「それってどや顔のことですか?」

舌先で生まれたような軽い声に、我に返った。二ノ宮の顔がそこにある。

円条の言うとおり、自分はうまいことやっているのだろう。

円条やデルタを思い出すことも減り、霊園のことも忘れかけている。なにより、みんなどこかへ行ってしまったのに、自分だけがここにいる。ほんとうは逆なのに。自分がどこかへ行くはずだったのに。

自分はうまいこと生きてきた。だから、そんな顔になってしまったのだ。

霊園に行こうと思いついた。生まれ育ったまちで電車を降りるのも、霊園を訪れるのも、高校生のとき以来だ。

駅は新しく高架になり、西側にも東側にもショッピングモールができていた。晴れ渡った土曜日の午後、駅周辺は家族連れでにぎわっている。

自然公園のふもとの林から入る獣道が、霊園への裏道だった。しかし、林は遊具が点在する広場に変わっていた。

獣道は遊歩道に整備されている。木々が切り取られ、つつじがピンクやオレンジの花を咲かせている。地面は土ではなく、クッション性の素材だ。家族連れや夫婦が行き交い、子供の歓声と犬の鳴き声が吹き抜けた。

遊歩道を上がりきると、以前とはまったくちがう風景が広がっていた。

芝生の広場には城や汽車を模した遊具があり、バーベキューコーナーやドッグランがある。丘を削ったのだろう、地形がすっかり変わっている。霊園ははるか高い場所にあり、距離も遠くなっていた。ぎしぎし音をたてる吊り橋もない。ここから眺める限り、向こう側が霊園だとはわからない。

ベンチに座り、途中の自動販売機で買った缶コーヒーを飲んだ。ぬるくなったコーヒーの糖分が舌にまとわりつく。

かつて自分の居場所だった霊園さえも、どこかへ行ってしまった。そうではない、と頭の片すみではわかっている。来た道を戻り、電車に乗り、ひとつ隣の駅で降りれば、霊園の正門までさほどかからない。タクシーで行ってもいい。簡単なことだ。

――居場所を見つけられたのか？

あの夜、円条に言いたかったのはこの言葉だったのだと、あとになって気がついた。しかし、訊かなくても答えは予測できる。

だったら自分と同じじゃないか。そう訴えても、円条は認めてくれないだろう。

鈴木さん、と呼ばれ振り向いた。エレベータホールの自動販売機から、紙コップのコーヒーを取り出したところだ。

ふたりの女が立っている。巻き髪とショートボブ。どちらも派遣社員で、自分と同じチームでマニュアルの翻訳を担当している。

定時を二十分過ぎたところだ。帰宅するのだろう、ブランドもののバッグを持ち、香水の匂いをさせている。話があると言われ、ミーティングスペースに行った。

「派遣社員のこと、見下してませんか？」

椅子に座るなり巻き髪が言った。まばたきをこらえるような眼を向けている。ショートボブは、テーブルの一角に視線を落としていた。

「していません」

「ほら、そういうところ」

苛立った声を発しながらも、巻き髪はどこか勝ち誇った顔だ。

こういう顔をいままで何度も見てきた。中学生のとき、高校生のとき、大学のゼミで、就職してからも。親しくない女から、生意気だとかえらそうだとか言われることがあった。

十代のころは、そんなわけない、と叫びたい衝動に駆られた。自分は、みんなの居場所を少しずつ借りながら生きている。自分の言動が人を悲しませ、泣かせ、怒らせ、がっかりさせることは小さなころから知っている。だから、できるだけしゃべらないように動かないようにしてきた。

二十代になるとあきらめた。背筋を伸ばし、あごを上げ、相手を見つめ返すようにした。そうしなければ耐えられなかった。

「はっきり言いますけど、統括マネージャーにもクレームを入れました。そうしたら、鈴木はああいうやつだからって苦笑いするだけで」

「そうですか」

「だからそういう態度、やめてもらえません？　私は結婚したから派遣をしてますけど、商社にいたときは一年の半分は海外出張でした。もう少し敬意を払ってください。これは派遣社員を代表する意見と受け取ってもらってけっこうです」

巻き髪は甘い匂いを放っている。まぶたに金色の粉を塗り、上を向いたまつ毛は漆黒だ。ふとデルタを思い出した。札幌のホテルで彼女は、自分の全部が嘘になった、と明るく言った。デルタは、嘘の世界から抜け出したのだろうか。

二十代にはあきらめることができたのに、いままた、そんなわけない、と叫びたい衝動が突き上げてきた。眼をそらすと大声を出してしまう。言い訳してしまう。止まらなくなってしまう。

「もういいでしょうか?」

自分の声は低く凄《すご》むようだった。その声に重なるように、うまいことやってるように見えますか? と声にならない言葉が生まれた。だからそういうふうに感じるんですか? デスクに戻ってまもなく携帯が震えた。涼美さんからの電話だ。平日のこの時間ということは、父親が死んだか死にそうなのかもしれない。

「病院に来ないのね」

責めるのではなく、ただ事実を述べる声音だ。

「あの人が、もう来なくていいと言ったので」

自分も事実を伝える。

「手術するって言い出したの」

「はい?」

「手術がだめなら、抗がん剤か放射線だって」

どんな治療も無意味なことは、父親も了解しているはずだ。

「死にたくないって言い出したの」

涼美さんの声が震えた。震えを抑え込むように息を吸い込んだ。

「こんな正彦さん初めて。すごい形相で、死にたくない死にたくない、って。意識があるあいだはそればかり繰り返すのよ」

「このあいだは、もっと早く死ぬと思ってたって言ってました。それから、俺は苦しんで死ぬんだ、とも」

そう、と涼美さんがつぶやいたきり、沈黙が続いた。

「もうだめだと思う」

「そうですか」

「来てくれる？　病院。できるだけ早く」

「わかりました」

仕事を早く切り上げたが、病院に行く気にはなれなかった。

死にたくない、と父親が繰り返している。そう聞いて最初に浮かんだ言葉は、それで？だ。こんな自分だから、いつまでたっても居場所を見つけられないのだろうか。いつまでたっても幽霊のままなのだろうか。大切な人を持たない人間は、どこにもいられない。どこにもいられない人間は、生きているとは言えない。

路地のバーに行くと、臨時休業だった。

コンビニで缶ビールと猫缶を買い、公園の隣の空き家に寄った。犬小屋をのぞくと、母猫と子猫がいた。が、子猫は三毛の二匹だけ。白と白黒の姿は見えない。死んだか拾われたか、それともたまたまここを離れているだけか。あんなに小さいうちに独り立ちすることはあり得るだろうか。

猫缶を開け、犬小屋の前に置いた。

「にいちゃんも猫に餌やってるのか？」

振り向くと、アルミ皿を持った初老の男が立っていた。自分を見下ろす小さな眼に戸惑いがよぎるのが見て取れた。

「おっと、もしかして、ねえちゃんだったか？」

返事はせず軽く会釈した。切りっぱなしの短い髪とパンツスーツの自分は、光線の少ない場所ではどちらにでもとれる。

「まあ、最近は見分けつかないのが多いからな。ボーダーレスっていうか」

男がアルミ皿を置くと、犬小屋のなかで母猫が鳴いた。

「飼ってるんですか？」

「いや、野良だよ。餌やってるだけ。最初は六匹いたんだけどさ、いまはこいつらだけになっちゃったよ」

「女だけになりましたね」

「なんでわかるの？」

「三毛だから」

「うん？」

「三毛猫は雌なんです」

「えっ、そうなの？」

「染色体で決まっているそうです」

そう言って、失礼します、とその場を離れた。結局、初老の男は自分をどちらに分類したのだろう。XXかXYか。

マンションの前に人影はない。円条が現れてから無意識のうちに黒ずくめの姿を探すようになっている。

エレベータを降り、部屋のドアを開ける。靴を脱ぐ音と部屋に入って三歩目までの足音が妙に大きく響く。対面キッチンがついた十畳のリビングダイニングと六畳の洋室。ここに引っ越して二ヵ月たつが、洋室にはまだ段ボールが積み上げられている。

缶ビールを持ちベランダに出る。

六階からの眺めは地上がすぐそこだ。そう感じるのは、三十二階のオフィスで働いているせいかもしれない。

ここから飛び降りたら死ぬだろうか。ベランダを乗り越えた瞬間、神様を感じることができるだろうか。いまの自分は、生と死のあいだで何を願えばいいのだろう。

三匹の三毛猫、XXとXY。

人間の基本は女だ。たとえXYであっても、Y染色体が働かない限り女になるように定められている。自分のYは途中で働きを止めたのだろう。母親の腹のなかがあまりにも心地よかったせいで、うたた寝しているうちに女になってしまったのだ。

染色体では選別できない自分の本質。それがどちらに分類されるのか、わかるときが訪れるだろうと考えていた。自分もいずれ誰かを好きになるかもしれない。そのとき明らかになるはずだ、と。しかし、自分はこの先もずっと、どちらにも属すことはないのだろう。

——どうして女じゃだめだったんだ？

答えてくれるものはない。

病院には土曜日に行った。

父親はさらに枯れ、薄くなっている。ふれるだけで崩れてしまいそうだ。

涼美さんに促され、談話室に行った。このあいだ美容室に行ったのに、すでに白髪が目立

ちはじめている。自分の視線に気づき、

「ねえ、ひどいでしょ」

と、ため息をつくように微笑み、ゆっくりとした動作で窓の外へと顔を向けた。

「でも、正彦さんがこんなふうになるとは思わなかったな」

眼鏡の奥の眼を細め、遠くを眺める表情だ。

窓から見えるのは狭い中庭と向こう側の病棟、それに薄青の空。

「私の知ってる正彦さんじゃないの」

「モルヒネのせいじゃないですか」

「怖がってるの、すごく」

そう言って視線を自分に向けた。

「何を怖がってると思う？」

挑む顔になる。

「さあ」

「死ぬこと？」

「かもしれません」

「実はさっき眼を覚ましたときも、死にたくない死にたくない、って叫んだの。怯えた顔をしてかわいそうだわ」

涼美さんは眼鏡を持ち上げ、目尻をぬぐう。彼女の涙を見るのは初めてだ。

「涼美さん、鮑が焼けるところを見たことありますか？」

「鮑？」

「はい」

「ないけど」

「生きている鮑を焼くと、貝の上で身が回転するんです。左右に、ぐるり、うねりと」

なぜこんなことを言い出したのかわからない。自分の言葉に残虐な衝動が潜んでいるのを感じる。

「のたうちまわっているように見えました」

焼かれながら、もがき、苦しみ、身悶《みもだ》えていた。

「それで？」

鋭い口調にはっとする。

「それで何？　それが正彦さんとどんな関係があるの？」

涼美さんは怒りを隠そうともせず、きつく自分を見据えている。

止めてくれてよかった。もしあのままだったら、おそらく自分はこう続けたはずだ。

――地獄焼きっていうらしいです。

病室に戻っても父親は眼を覚まさなかった。このまま逝《い》かせてあげたい、と涼美さんは呆《ほう》けたようにつぶやいた。

五月の夕方はなかなか暗くならない。

病院から自宅に戻ったときも、陽の明るさが残っていた。

インターホンの音で眼を開けた。いつのまにかソファで眠っていた。にもかかわらず目覚めた瞬間、円条だと直感した。薄闇の部屋。カーテンを閉めていない窓から、まちの明かりが忍び込んでいる。時刻を確認すると九時を過ぎたところだ。

モニターにうつむいた円条が映っている。

「あがるか？」

「いや」

「じゃあ下りていくよ」

エントランスの照明を避けるように、円条は背を向けて立っていた。ジャンパーのポケットに両手を入れ、このあいだと同じ黒ずくめの格好だ。

「言い忘れたことがあるんだ」

にやついた口元が見えた。

「あと三十万」

井出の、と言いかけ、ひとりできつきつ笑う。

「井出の？」

「そう、あいつのこと調べるのに三十万かかった」

「井出のことも調べたのか？」

「俺には、鈴木と井出しかいないからね」

円条の言葉に斬りつけられた。

自分とデルタしかいない？

ほんとうか？ と胸ぐらをつかみ、こっちを向かせたい。十八年も会っていないのにか？

十八年間、円条のなかには自分とデルタが居続けたのか？

「井出はどうしてるんだ？」

「あいつ、手強かったよ。何度も引っ越しして行方不明のようになって」

「変わってないな」

「死んでたよ」

誰のことかとっさに理解できなかった。

「井出瑠香。三年前、三十のときに心不全で死んだって。あいつ名古屋にいて、結局は普通に結婚して、普通に子供産んで、普通に暮らしてたみたいだよ」

　実感がない。自分が知っているのは、いちごガムの息を吐き、ふくよかな胸をした中学三年生の女の子だ。

「バチが当たったんだよ」

「え？」

「あいつ、俺のこと脅しただろ？　あいつの部屋から俺んちが見えるって。な、鈴木も聞いただろ？」

　覚えている。幸せそうなうちだと言っていた。円条氏だったら玉の輿だね、と。そうか、あの無防備に笑う女の子はもういないのか。

「あいつが警察にチクッたのかもしれない」

「そんなわけないだろう」

「札幌で殺そうと思った。でも、できなかった。ひらひらして、じっとしていなくて、あいつ蝶みたいだった」

　ホテルの浴室からのぞいた光景が蘇る。デルタの嬌声と歌声、ベッドで絡み合うふたり、ふたりのあいだで揺れる金色の十字架。

あのときのざわざわした感覚を思い出した。鳥肌が立つのに、皮膚がかっと熱くなった。あれは何だったのだろう。初潮の前兆だったのだろうか、それとも自分の内のバチがくすぶる気配だったのか。

「井出が死んだのはバチじゃない」

円条は返事をしない。しばらくして、三十万、とふてくされたようにつぶやいた。

「円条、居場所は見つかったのか？」

「なんだよ、それ」

「どこかに居場所があるって、それを探しに行くって、あのとき言ったじゃないか」

「見つかったよっ」

悲鳴に似た声をあげ、初めて自分に視線をぶつけた。

「おばあちゃんが死んでくれてよかった。火をつけてよかった。それでもう、俺が恵まれてるなんて言えなくなったんだからな。おかげでママの呪縛から逃れられたよ。だから二十センチも背が伸びたんだ。ママがいない場所、これが俺の居場所だよ」

自分が生まれ育った家の近くには、円条の父親が経営する飲料メーカーの工場があった。円条の事件から二年もたたずに工場は閉鎖され、ほぼ同時に会社は倒産した。見たことはないが、いまでは陸上競技場になっているらしい。円条の家族はどうしているのだろう。円条のそばには誰がいるのだろう。

「そこには誰かいるのか？　円条の居場所に大切な人はいるのか？」

いるとは思えない。さっき円条は言った。俺には鈴木と井出しかいない、と。デルタは死んだ。じゃあ、円条の居場所に行けるのは自分だけだ。

「自分はまだ居場所を見つけられないよ。あの霊園だって、もうちがう。このあいだ行ったら裏道が遊歩道になってた。吊り橋もなかった。結局、霊園には着けなかったよ」

「俺も行ったよ」

円条は足元を見つめ、ひとりごとの口調だ。

「おばあちゃんの墓、雑草に埋もれて苔が生えてた。鳥の糞もひでえの。おばあちゃんだって喜んでるさ。ああよかったって。せいせいするって」

「一緒に死のうか」

言葉が滑り出た。

円条が顔を上げる。エントランスの照明が、赤く膨らんだ顔を照らし出す。

「円条、覚えてるか？　札幌のホテルで言ったよな、死ねばいいんだ、って。そうしよう、円条。ふたりで死のう」

生と死のあいだで、ふたりで神様を呼べばいいじゃないか。居場所をください、と願えばいいじゃないか。胸のなかでそう続けた。

円条が笑い出す。鼓膜に爪を立てるような笑い声を発しながら、後頭部をかきむしる。首に金色が見えた。考える前に手が伸びていた。

十字架のネックレス。

ベッドの上でもつれていた円条とデルタ。ふたりのあいだにこの金色が揺れていた。

「放せよっ」

円条が体をひねる。その瞬間、獣に似た匂いが立ちのぼった。

「どうせ鈴木はうまいことやってんだよ」

「そういうふうに見えるのか？　うつむいてばかりでちゃんと見てないじゃないか」

「うるさいっ」

「どうしてだよ」

「何がだよ」

「どうしてまだこんなものしてるんだ？」

「おまえに何がわかるんだっ」

みぞおちを殴られ息が止まった。膝は崩れたが、倒れる前に踏み留まった。顔を上げると、走り去る黒い後ろ姿が見えた。

熱くなった眼の奥から涙があふれた。中学三年のときの涙がやっと流れ出たようだった。

## ペテン師　3

一等賞になるから一子。そうだったかもしれないし、そうじゃなかったかもしれない。それより重たく落ちてきたのは、母の夢が「男の子を産む」だったことだ。叶えてあげられなかった。そう感じるのはおかしいことだとわかっている。それでも、後悔と痛みを消すことができない。

島を出たのは十三時間前だ。行く当てもなく、電車に乗っている。眼下の神田川は陽射しを映し、無数のひかりをきらめかせている。

北の島で見た海はちがった。母と行った日本海もちがった。灰色に盛りあがる海面は、太陽のひかりを拒んでいるように見えた。冷たさをたたえて、果てしなく広がっていた。どうしてだろう、灰色の海がなつかしい。

つながっている。ふいに感じた。自分の命はあの島から伸びて、灰色の海を渡り、ここにつながっている。子供のころ、自分を母の体のなかにある命だと感じていたのは、魂の直感だったのだ。

言ってくれればよかったのに。お母さん、全部あたしに教えてくれればよかったのに。

もしかして。はっと息を飲んだ。大きな音がしたのか、隣の女が視線をよこした。

もしかして、が確信に変わった。

お姉ちゃんは、お母さんの夢を知っていたんだ。だから男みたいな格好をして、男みたいにふるまっていた。

それなのに、あたしはなにをやってたんだろう。

――うるさいなあ、ほっといてよ。

なにも知らず、知ろうともせず、最後にあんなことを言ってしまった。

姉の眼を思い出した。あたしを見るときの、感情も温度も感じられないまなざし。

姉に嫌われているのは知っていた。けれど、あたしのせいじゃないと思っていた。ちがうのだ。ちがったのだ。

おまえまで女に生まれてきて。そんなひらひらしたスカートをはいて。お母さんの気持ちも知らないで。――そんなふうに思っていたにちがいない。

お姉ちゃん。舌の上で転がすと、なつかしい風味がした。

姉がひとり暮らしをはじめたのは、あたしが高校一年生のときだ。それ以来、何度か顔を合わせてはいるけれど、言葉を交わしたことはほとんどなかった。

横須賀の家にいるとき、あたしは自分の部屋に閉じこもっていた。まるで、母と暮らしていたころの姉のように。

お姉ちゃんに会いにいこう。そう決めた。

けれど、住所も電話番号も知らない。父かあの女に訊けばわかるだろうと、電車を降りて公衆電話を探した。

携帯を手放したことを心から後悔した。あたしは横須賀の家の電話番号を暗記してはいなかった。


駅からタクシーに乗った。

父とあの女が暮らす家は、高台の住宅街にある。坂道を歩く体力もバスを待つ気力も、もう残っていない。

この家も父も女も大嫌いだ、まるごとなくなってしまえばいい。そう思いながら暮らしていた。家を出たのは高校を卒業したときで、それから一度も訪れていない。

玄関に続く短い階段をのぼり、インターホンを鳴らす。応答はない。何年も使っていない鍵でドアを開けると、他人の家のにおいがした。

居間に入り、リビングボードの引き出しを開けた。アドレス帳はすぐに見つかった。鈴木明生の目黒区からはじまる住所には横線が引かれ、中野区からはじまる住所が書いてある。あたしが一昨日までいた場所に近い。


インターホンを立てつづけに押した。

八時過ぎ。姉はまだ帰っていないらしい。

姉が電子機器メーカーに勤めているのは知っている。ただ、そこでどんな仕事をして、何時ごろ帰ってくるのかは見当もつかない。あたしはこれまでアルバイトしかしたことがない。データの入力業務、テレホンアポインター、コールセンタースタッフ、倉庫の仕分け作業、どれも長く続かなかった。

このままマンションの前で待っていようか、それともどこかで時間を潰そうか。とりあえずエントランスを出ようとしたら、すれちがいざまに入ってきたひとがいた。

瞬間、心臓が大きな音をたてた。とまった。その直後、激しく動きだした。

なにが起きているのか、すぐにはわからなかった。ただ、なにか大変なことに直面している感覚があった。

わかったのは、エントランスを出てからだ。

眼の下に並んだふたつの大きなほくろ。頬を斜めに走るみみず腫れのような傷跡。いますれちがったひとは、あの男に似ていなかっただろうか。

男は、マンションのエントランスに立ち尽くしている。なかに入ろうとせずに、ポストを眺めている。

どく、どく、どく、と警報を発するように鼓動が響く。

男はインターホンに手を伸ばしかけ、やめた。ポストに向き直る。後ろ姿からでも、躊《ちゅう》躇《ちょ》するさまがはっきり感じられた。

やがて、斜めがけしたショルダーバッグから白い封筒を取りだした。数秒のあいだ動きをとめ、思いきるようにポストに入れた。

エントランスから出てきた男のあとを、あたしはつけていく。

絶対にまちがいない。あのときの男だ。真夜中、母を追いかけていた男。あたしを冷蔵庫から引きずりだした男。

だって男が封筒を入れたのは、姉のポストだ。

体じゅうの血がたぎっている。耳がきーんと痛い。

駅に着くと、男は券売機の前に立った。その横に並んで、男が買ったとおりに切符を買う。

あたしのことなどわからないだろう。こそこそしなくても大丈夫だ。そう言い聞かせて、堂々とふるまうよう心がけた。

迷彩柄のジャンパーにジーンズ。男は電車を待つあいだ、携帯を取りだしてメールを打ちはじめた。三十代半ばだろう。こうやって見ると、顔に傷跡がなければどこにでもいそうな風貌だ。

電車が来た。念のためひとつ後ろのドアから乗り、男の斜め後ろに立って窓越しに見張る。男はターミナル駅で降りた。ひとでごった返した階段の途中で一度見失い、連絡通路で見つけて早足で距離をつめた。

地下鉄に乗り換える。車内は混んでいた。いつでも降りられるようドアに近い位置をキープする。窓に映るあたしの顔は黒く透けて、眼の下と頬に濃い影ができている。

自分を愛せる子になってほしいから愛子。心のなかで唱えた。

——それだけで幸せになれるから。

母の声がよみがえった瞬間、ふくよかな体にふわりと抱きしめられた気がした。

北の島に行って、なにもかもわかったような気になっていた。でも、ちがう。大事なことは、なにひとつわかっていない。どうして母はいなくなったのか。母の身になにが起こったのか。四次元冷蔵庫に乗って、母は時空をさまよいつづけている。

男が地下鉄を降りた。ひと越しに見え隠れする迷彩柄を見失わないように追いかける。はじめて訪れるまちだ。

男は駅前通りを歩いていく。あたしには気づいていないようだけれど、あまりにも無防備だから反対にとっくに気づいているのかもしれないとも思えた。

信号を左に曲がると、電気屋や畳屋、総菜屋やもんじゃ焼き屋が並ぶ通りに出た。どの店も古く、もんじゃ焼き屋以外はシャッターがおりている。男はコンビニの角を右に曲がった。

ふっと暗くなった気がした。夜の色がワントーン沈んだ感じ。空気が湿っている。墨を流しこんだような雲が低い位置にある。

人通りのない道だ。呼吸を整え、靴音を気づかって歩く。

しだいに息苦しくなっていく。心臓が膨らんでいく。脈動で皮膚が破れてしまいそうだ。どうしてこんなに緊張しているのだろう。

怖い。あの男を追いかけたくないと直感が叫んでいる。

あれがいるのか？　と思った。いまはほとんど見なくなった恐ろしいもの。だからこんなに怖いのだろうか。

あの男の行く先に、良くないことが待っている。そう思えてならない。

古い木造家屋が路地にせりだすように並んでいる。テレビの音と炒め物の音、子供を叱りつける声が驚くほど鮮明に聞こえる。小さな庭にあじさいが咲き、気の早い風鈴が鳴っている。

カーテンのない窓が多い。テレビを見る子供や下着姿のおじいさん、台所に立つ女が眼のはしを流れていった。

男が入っていったのは、路地沿いの長屋ふうの家だった。

「ただいまー。帰ったぞー」

その声に不穏さは感じられなかった。

――おまえなんか死んだっていいんだ。

十五年前のちくちくした声とまったくちがう。

「おっそいじゃん」

子供っぽさがにじむ少年の声。

拍子抜けした。男の「ただいま」も、少年の「おっそいじゃん」も、ごく普通の暮らしのなかで交わされる会話そのものだった。

ひとちがいだったのか。そう思いたいのに、思えない。

あたしは玄関を通りすぎ、あかりがついている窓をのぞいた。

そこに母がいた。

みかんの房のような眼。ふっくらとした頬。

母の笑顔は、黒縁のなかにあった。

## 鮑の神様　3

「もうだめみたい」

涼美さんの声は冷たい水のようだ。

「来てくれない？　すぐに」

「わかりました」

電話を切ろうとして思い出した。

「妹の居場所はわかりません」

「いいの。わかったとしても、愛子さんには知らせないで。まだ来てほしくないの」

デスクの電話が鳴り、メールが二本立て続けに届いた。それに気を取られ、涼美さんの言葉の意味は考えなかった。

病院に着いたとき、父親は危篤状態から脱していた。よく聞くと、電話をかけてきたときはすでに意識が戻っていたらしい。意識があるうちに会わせたかったのだろう。

涼美さんと談話室に行った。入り口に立ったままなのは、落ち着かないからか、すぐ戻るためか。両腕で体を抱き、寒そうにしている。

「あの男って誰？」

唐突に訊かれた。

「あの男？」

「最近、正彦さんが口走るの。あの男が戻ってきた、って」

そう言われても思い当たる人物はいない。

「このあいだ正彦さんに、愛子さんと連絡がつかないことを言ったの。そうしたら、愛子には知らせるな、って。あの男が戻ってきたから愛子には会えない、って。とても怖そうだったわ」

「モルヒネによる幻覚症状じゃないですか」

かもね、と涼美さんはあきらめたように言い、ねえ、と眼を上げる。

「あなたたち家族って、いったい何があったの？　一度だけ正彦さんに訊いたことがあるのよ。どうして離婚したのかって。これでも責任を感じてたのよ。そうしたらね、妻が望んだって言うの。ねえ、ほんとうなの？」

「わかりません」

「明生さんのお母さん、そのあと急にいなくなったんでしょう？　居間が荒らされていたんでしょう？　私、愛子さんに言われたことがあるの。あんたたちが殺したんでしょ、って。ねえ、それどういうことなの？」

「居間をめちゃくちゃにしたのは父です。母にキレたんじゃないですか」

「正彦さんはそんなことしないわ」

断言する涼美さんに、それ以上の説明は控えた。

「どうして家族なのにこなごななの？　こなごな過ぎて、私入っていけない。破片で切られそうな気がするのよ」

二十年以上も一緒に暮らしているのに、父親と涼美さんは籍を入れていない。涼美さんは保護者らしいことをいっさいしなかった。自分や妹のために食事をつくることも洗濯をすることもなかった。そもそも、家のなかで顔を合わせることが少なかった。それは彼女の性格や信念によるものだと漠然と思っていたが、こなごなになった家族が強いたことなのかもしれない。

病室に入ったとたん、父親と眼が合った。意外にも力強い瞳だ。

「明生に話がある」

痰の絡む声でそう言った。

涼美さんが病室を出ていき、自分はベッド脇の丸椅子に腰かけた。すぐに手を握られた。記憶のなかで父親に手を握られたことは一度もない。

「怖いんだ」

父親は言い、自分の手をすがるように握り直す。

「あの男が戻ってきた。いなくなったはずなのに、また現れるようになったんだ」

「モルヒネのせいだと思います」

さっきと同じ言葉を、今度は父親に返す。

「あの男が、俺を連れていこうとする」

「幻覚を見ているだけです」

「ちがうっ」

父親は喘ぐように首を振る。

「誰にも言うつもりはなかった。言えることじゃないんだ。でも、だめだ。あの男が赦《ゆる》してくれない。すまん、明生、聞いてくれ。聞いて、おまえのなかだけに留めておいてくれ。殺したんだ」

ひと息で告げ、途切れ途切れに呼吸する。

「でも、あの男が悪いんだ」

「あの男って誰のことですか？」

「俺は一子と一緒になるつもりだった。でも、あの男が現れたんだ。一子は嫌がった。だから助けた」

父親の眼から涙が流れている。内側から奇妙に輝く瞳で、いったい何を見ているのだろう。

「俺は死なない。絶対に死なない。あの男に食われたくない」

突然、父親は絶叫した。自分の手を握ったまま体を硬直させ、ぐあああああ、と叫び続ける。

昆虫が潰れたときの匂いがした。死骸の、体液の匂い。いや、と思い直す。これは鮑の焼ける匂いに似ていないだろうか。ぐるり、うねり、と回転する身が発する叫び。

かみさまー。

父親はいま神様を感じているだろうか。見ているだろうか。呼んでいるだろうか。彼の神様はどんなだろう。バチを与えるだけの存在なのだろうか。

涼美さんに続いて看護師が駆け込んできた。

父親は眠りにつくまで、自分の手を握りしめていた。

二日後、父親は死んだ。あれきり意識が戻ることはなかった。

父親の眼はかっと見開いていた。死にたくない、俺は死なない、こっちに留まっているんだ、と死後も抵抗を続けていた。

父親が言った「あの男」のことが真実だとは思えない。が、妄想だと断言もできない。知りたくもないし、調べるつもりもない。おまえのなかだけに留めておいてくれ、と言われたからそうするだけだ。

葬儀は家族葬だった。きょうだいのいない父親の遺族は、正式には家族ではない涼美さんと破片のひとつである自分、そして所在不明の妹だけだ。

初七日は横須賀の家で行った。僧侶が帰ると、涼美さんとふたりで、宅配の中華料理を食べワインを飲んだ。涼美さんは茶色いリクライニングチェアに座り、白ワインを飲み続けている。腫れたまぶたが眠たげに下がり、くちびるは微笑をたたえている。

「スペインにでも行こうかな」

のびをするように言う。

「旅行ですか？」

「暮らすのよ。納骨が終わってからね」

そう言って、リビングに設けた祭壇に眼をやる。

「スペインが好きなんですか？」

「ううん、ただ思いついただけ。ああ、でも、イタリアワインが好きだからイタリアにしようかな。明生さんは？　行きたいところある？」

「コロラド」

「どうして？」

「コロラド州に、宇宙にいちばん近い大学って呼ばれているところがあるんです。そこに行きたかった」

　言葉にしたら、頭上に原色の青が広がった。

「宇宙に興味があるの？」

「ないです」

　えーっ、と涼美さんは女子高生のようにのけぞる。

「じゃあどうして？」

「涼美さんの、イタリアワインが好きだからイタリア、と同じようなものですよ」

「まったくわからないわ」

　うまく説明できそうにない。

　ただ、あるときふと、生命の源は宇宙にあるのだ、と思った。そう思った瞬間、宇宙から無数の糸が垂れている光景が浮かんだ。糸は、すべての生命とつながっていた。いま生きている生命とも、かつて生きていた生命とも。地球上に原始生命が誕生したといわれるのは約四十億年前だ。四十億年のあいだに誕生した生命と同じだけの糸が、宇宙から垂れている。糸をたぐっていくと、つながっている。生者も死者も、人間も幽霊も、結局は同じ世界を拠点にしているのだ。そんなふうに感じられた。

「自分でもまったくわかりません」

「変な人。さすが正彦さんの子供だわ」

涼美さんは笑いながら泣き、やがてリクライニングチェアにもたれたまま眠った。

日曜日、霊園に行った。

正門から入るのは初めてだった。晴天のせいか墓参りに訪れる人は意外に多い。線香の匂いが漂い、どこからか読経が聞こえる。

円条の祖母の墓がどこにあるのか、正門からのルートでは方向がつかめなかった。霊園の奥へと進み、かつて裏道から続いていた区画へと向かう。

そこは以前のままだった。うっそうとした木々に見守られるように古い墓石が並んでいる。ここ数日雨は降っていないのに、空気も地面も湿っている。初めて訪れた小学五年のときから何も変わっていない。雑草の茂り具合も、黒ずみ朽ちかけた墓石も、土にめりこんだ汚れた花びらも。宇宙の歴史のなかでは自分の一生など瞬間に過ぎないように、忘れ去られた死者の国では二十数年など年月に値しないのだろう。

かつてここは自分の居場所だった。

しかし、いまはちがう。自分はいつここを出たのだろう。居場所だと思い込んでいただけで、もともとちがったのだろうか。

十八年前の記憶をたぐり、円条の祖母の墓がある方向へと歩き出す。新しい区画のなかでも特に大きく目立っていたから、行けばすぐに見つかるだろうと思っていたが、ちがう理由ですぐに見つけられた。

そこだけ荒れていた。青光りしていた台座は輝きを失い、雑草に囲まれている。黒いプレートと十字架をかたどった石は苔むし、鳥の糞がこびりついている。

雑草のなかにきらめくものがある。しゃがみ込み、拾い上げる。十字架のネックレス。古いものでないことは金色の輝きでわかる。

一緒に死のうか、と円条に言ったことを思い出した。

本気だった。死んでもいいと、いや、生と死のあいだに立ちたい、とあの瞬間、願ったのだ。

ネックレスをポケットに入れかけ、やめた。台座の上の十字架の石にかける。何か感じかけた気がしたが、つかむ前に通り過ぎていった。

黄色いアゲハ蝶が、墓のまわりを舞っている。

デルタ、と思う。蝶みたいだった、と円条が言っていた。そうか、デルタはここにはいないのか。それでも宇宙から垂れた糸でつながっている。

どこかの国では、蝶はこの世とあの世をつなぐといわれている。そんなことを思い出した。


会社帰りにバーに寄ると、二ノ宮がいた。

珍しく話しかけてきたと思ったら、

「会社辞めるってほんとうですか？」

と、単刀直入に訊いてきた。

「すごいですね」

「なにがです？」

「もう伝わってるんですね」

「やっぱり辞めるんですか？」

「そういえば、中学三年のときに、噂はあっというまに広がっていろいろ言われるものだ、って同級生が言ったことがありました」

「僕はいろいろ言っていません。訊いているだけです」

初めて見る不機嫌そうな表情だ。

ふと思い出して、言ってみることにした。

「その同級生といると、ざわざわすることがありました。鳥肌が立つのに熱くなって、もどかしいというかいらいらするというか……。性格が合わなかったのかもしれませんね」

「女の人ですか？」

「いえ、男です」

「好きだったんじゃないですか」

「え」

「その同級生のこと、好きだったんじゃないですか」

ざわざわっときた。あのときの感覚が蘇る。粟立つ皮膚が熱を帯び、もどかしさと苛立ちがこみ上げてくる。

小さく笑ってみた。それしかできなかった。

「それでどうなんですか？　ほんとうに辞めるんですか？」

二ノ宮はむすっとしたままだ。

「まだ決めていません」

正直に答える。

「どうしてですか？」

「まだ決められないからです」

「じゃなくて、どうして辞めるかもしれないんですか？」

上司にも訊かれた。文章に変換するのは難しい。ただ、その考えが落ちてきたとき、自分のなかにぴたりと納まった。

「お父さまが亡くなったことが原因ですか？」

そうではない。しかし、それもひとつの要素だろう。

「じゃあ、派遣の反乱ですか？」

「なんですか、それ」

「派遣の梅田《うめだ》さんが、鈴木さんに食ってかかったって噂になってますよ」

「ああ」

「それとも、自分に疲れたんですか？」

「はい？」

「だって鈴木さんて、鈴木さんを演じてるみたいじゃないですか」

鈴木さんが鈴木さんを演じる、と胸で復唱する。

「ドラマとか小説の脇役で、鈴木さんみたいな人いますよね。クールで仕事ができて友達がいなくて何考えてるのかわからない人」

「友達はいます」

「そりゃいるでしょうけど」

「中学生のとき。いま思うと、たぶんあのふたりは友達でした」

「中学生のときって……。本気で言ってます？」

「だめですか？」

「え？」

「こういう人間は脇役にしかなれませんか？」

失言をしたと思ったのか、二ノ宮は視線を落とした。考え込む表情でまばたきを三、四回したのち、ぱっと眼を上げた。

「映画や小説に、よく脇役を主役にしたスピンオフ編ってあるじゃないですか。あれ、本編よりよかったりしますよね」

舌先でしか考えていない、いつもの軽い口調だ。

コロラドに行こうと考えている。大学に入り直すか、就職をするか、ほかに選択肢はあるのか、決めあぐねている。

「宇宙に近いところに行きたいんです」

「宇宙、ですか？」

「はい」

「なんだ。じゃあ、宇宙システム事業部に異動願を出せばいいだけじゃないですか」

二ノ宮は上機嫌になって舌先から言葉を放った。

マンションの前に座り込む影がある。

足が止まりかけたが、円条ではない。自分はこの先もずっと無意識のうちに円条の気配を探し続けるのだろう。待っているのか、それとも避けたいのか、自分でも定かではない。ただ、それもコロラドに行けば終わるはずだ。

——好きだったんじゃないですか。

二ノ宮の言葉を思い出し、XXとXY、と頭に浮かぶ。が、浮かぶだけで思考にはつながらない。

座っているのは痩せた女だった。男に捨てられでもしたのかしょぼくれた雰囲気だ。

「お姉ちゃん？」

ふいの声に足を止めた。女が時間をかけて立ち上がる。

「お姉ちゃん、どこ行ってたの？」

数年ぶりに会う妹は、以前にも増して痩せていた。気弱そうな上眼づかいとそげた頬、不揃いな髪が胸まで垂れている。どこか現実離れしたその風貌は、小学生にも老婆にも見える。泣いていたのだろう、眼と鼻の頭が赤い。

母親に抱かれた赤ん坊が浮かんだ。白く柔らかな頬と丸くつやつやした眼をしていた。甘くてくすぐったい匂いがした。いつかこれを壊すかもしれない、そう思ったのを覚えている。

「おまえこそどこに行ってたんだよ」

叱られたと思ったのか、妹の顔が崩れた。

「おまえに話があるんだ」

「お姉ちゃん、どうしよう」

「父親が死んだ」

「お母さんがいた」

言葉が重なった。

え、とまた重なり、見つめ合う。

「どういうことだ？」

「わかんない。どうしよう。お姉ちゃん、どうしよう」

腕にしがみついてきた妹の髪から海風のような匂いが立った。

「母親はどこにいるんだ？」

「わかんないわかんない。ねえ、お姉ちゃん一緒に来て。お母さん、知らない家にいるの。黒縁の写真のなかにいるの」

妹は憑かれたように言葉を放つが、単語の羅列で文章になっていない。傷の男、野菜直売所、冷蔵庫、警察、傷の男、少年の声、黒縁の写真、傷の男、ジュース工場、傷の男。

「ちょっと待てよ。傷の男ってなんだ？」

そう訊いたとき、蘇る記憶があった。母親がいなくなってまもないころだ。顔に傷のある男が母親を追いかけていた、と妹が言い出したことがある。あの男はずっとお母さんを見張ってたんだよ、あの男がお母さんをさらったんだよ、と。相手にしなかった。当時、妹は混乱していた。父親や自分が、母親を殺したと疑ってさえいた。覚えているだろうか、夢遊病者のようにスコップで庭を掘り続けた夜を。父親が止めると、ここに埋めたんでしょっ、と泣き叫び意識を失った。

「だから傷の男がいたの。あの男だったの。窓からのぞいたら、お母さんの写真があって、位牌《いはい》みたいなのもあって」

妹はまだしゃべっている。その声が小さくはならないのに、遠ざかっていく。まるで過去からの声を耳にしているようだ。

**明生、ごめんね。ごめんなさい。**


あの走り書きは、いまも財布のなかにある。

ジャケットの袖をつかむ妹の手を取り、握った。冷たい指だ。

「おまえはどうしてたんだ?」

妹は我に返ったように言葉を止める。

「父親は二週間前に死んだ。がんだった。自分はこのマンションに住んでいる。ひとりだ。おまえは?　どこで何をしているんだ?」

失った言葉を探すように視線をさまよわせ、やがて小刻みに首を振ると、

「どこにもいない。何もしてない」

そのことにたったいま気づいたかのように、妹はどこか呆然と答えた。

この子のなかにはコロラドのような場所もないのだろうか。

「帰るところもないし」

しゃくり上げ、続ける。

「行くところもない。なんにもないの」

そう言って、泣き笑いを浮かべた。その表情が一瞬かすみ、母親の顔が重なった。泣き笑いの眼を自分に向けている。膝の上でトーマスの絵を描いているとき、公園のブランコに乗っているとき、知らないおばさんにボクお利口さんねと言われたとき、見上げるとこんなふうに自分を見つめていた。

「ごめんね」

いなくなったくせにまだそんなことを言う。

「お姉ちゃんばかりに背負わせてごめんなさい。気がつかなくてごめんなさい」

お母さんの夢、知って、たんでしょう。切れ切れにつぶやき、

「ごめんなさい」

抱きついてきた。

そのとき、糸のきらめきが見えた。

宇宙から垂れた糸は一本なのかもしれない。一本のどこかで、自分も妹も、母親も父親もつながっている。糸の長さを想像すると、意識が拡散し眩暈《めまい》に飲み込まれた。

「お姉ちゃん、どこかに行っちゃうの？」

妹は見透かしたのだろうか。そのとき自分はコロラドを思い浮かべていた。原色の青空からもきらめく糸は垂れているだろう、と。

「コロラド」

と答えたら、

「おまえも行くか？」

と続けていた。

妹が顔を上げる。手は冷たいのに、涙で濡れた顔は熱を放っている。

次に浮かんだ光景は意外なものだった。

「それとも猫を飼うか？」

「猫？」

意外だったのは妹も同じらしい。

「三毛猫の親子がいるんだ」

妹は首を傾げた。子供のころの癖はもう似合わない。

「猫のほうがいいかな」

そう言って笑いかけ、あっ、と小さく叫ぶ。

「手紙」

「手紙？」

「あの男、お姉ちゃんのポストに手紙入れた」

妹に引っ張られ、エントランスに入る。

ポストには、数枚のチラシに混じり白い封筒が入っていた。取り出した封筒が揺れているのは、しがみついている妹が震えているせいだ。

封筒のなかには、母親からの手紙が入っていた。

終章

# 最後の手紙

島を出るフェリーに乗りつづけている気がします。

あれから四十年近くたったいまも、島は遠ざかっていくのにどこに向かっているのかわからない、そんな気持ちがするのです。

愚かな人間だと思います。罰当たりな生き方だと思います。

あのとき島を出なければよかった、と後悔したことは数えきれません。

けれど、島を出なければあなたたちに出会えなかった。いまさらそんなことを思うのは、身勝手なことだとわかっています。

そこまで書いてペンを置きました。

明生と愛子への手紙のつもりでいたけれど、どう綴《つづ》っても過去の自分自身に向けたものになってしまいます。

＊

知らない男の前で足をひらきたくなかった。

それなのに、島を出た私がしたことは、知らない男の前で足をひらくことでした。

悪い男だということは、初めからわかっていました。このひとの血は汚れている、と。だからこそ彼を頼った。島で会ったホテル建設の作業員でした。そのときの私は、ただ因縁にまみれたかった。流れる血を汚れた色に変えてしまえば、祖母に見つかっても連れ戻されることはないと考えたのです。

札幌にある彼のアパートでの暮らしは、島を出なければよかったと思いつづけた日々でした。

いまは時代がちがうから、と祖母が言ったことを私はすっかり忘れていました。時代が変わったから、私はみんなと同じように中学校に通うことができたのです。

じゃあ、知らない男の前で足をひらくことは？　女の子をひとりだけ産むことは？　祖母の跡を継いで供養の仕事をすることは？

それらも時代の流れで変わったかもしれないのに。

いつか知らない男の前で足をひらく。

島にいたときの私は、その予感にとり憑かれ、おののいていました。それなのに島を出ると、それほどまでに恐れることだったのかわからなくなりました。

札幌の女、特に私のまわりにいた女たちにとって、それは特別なことではないようでした。いくらもらったと自慢するひともいたし、相手の容姿をあげつらって笑うひともいたし、もっとあけっぴろげな話をするひともいました。自分が恐れていたものの正体が、ぼやけ、ほどけ、見えなくなりました。私がほんとうに恐れていたのは、知らない男の前で足をひらくことだったのだろうか？

島に帰りたい、そう思うたびに、帰れない、と自分に言い聞かせました。あんな出ていき方をした私を祖母は決して赦さない。クッキー缶に入った自分の娘の骨を見て、ちっと舌打ちしたくらいなのだから。それに、私にはお金がなかった。悪い男に、お金も体力も気力も、そしてきちんと考える力も取り上げられていたのです。船底に閉じ込められたまま、海の上を漂っているような心地でした。

悪い男はときおり、とてもやさしくなりました。私を抱き寄せ頭を撫でたり、風呂場で私の体のすみずみを洗ったり、何枚もの洋服を買ってきたり、レストランや焼き肉屋に連れていってくれたりしました。そのたび、私は勘違いをしました。この男は私を好いている、大切にしてくれる、もうひどい仕打ちはしない、と。希望にすがろうとすると、男の手によって元に引き戻されるのでした。

しだいに男は暴力をふるうようになりました。

そのときも私は、腹を思いきり蹴られました。男がしゃべったことに笑わなかったことが原因でした。床に転がった私の肩や腹を何度も蹴りつけ、つまんねえ女だな、と言い捨て男は出ていきました。

夕方でした。腹を押さえてうずくまっていると、少しずつひかりが薄まっていくのが感じられました。巨大な蓋をゆっくりとかぶせられるようです。

ふと、澤村くんを思いました。医者になるため、札幌の高校に通っているはずです。熊金さんも札幌行かないか？　工事中のホテルでそう言ってくれたあの日に戻りたい。卒業するまで我慢して島にいれば、いまごろ澤村くんと一緒にいられたかもしれないのに。そうしたら、こんなふうに蹴られることもなかった。知らない男たちに足をひらかれることもなかった。島を出なければよかったと後悔することもなかった。

薄暗い部屋からひかりが容赦なく奪われていきます。もうすぐ夜になるのだな、とぼんやり思いながら、数ヵ月後か数年後、自分はこんなふうに死ぬのかもしれないと考えていました。

「いきなさい」

耳元で声がしました。まるで鼓膜に息を吹きかけられたようにはっきりと聞こえたその声は祖母でした。

夕方と夜が混じり合った薄影の部屋。眼の前に、祖母がいる。白い作務衣を着て、首から数珠をぶら下げ、真っ赤な口紅を一文字に引いている。怒ったような焦れたような表情。

私は体を起こしたけれど、立ち上がることはできませんでした。

「いきなさい」

祖母は繰り返しました。

それは「生きなさい」にも「行きなさい」にも受け取れました。

祖母から潮の匂いが流れてくる。なつかしい島の匂いはなつかしい波の音を連れてきて、私の魂はほんの一瞬体から離れ、島に戻っていった。そのとたん、涙が膨らみました。

「オバァサン」

私が呼びかけても、祖母は怒ったような焦れたような顔のままです。

「オバァサン、ごめんなさい」

ごめんなさいごめんなさい、と私は繰り返しました。ごめんなさい、が途切れると、

「オバァサン、助けて」

と言っていました。

「助けられない」

祖母はきっぱりと答えました。

「だから、早くいきな」

「いきな」が「行きな」だとわかるまで、数秒かかりました。

床に突っ伏して私は泣きました。祖母は死んだと直感したのです。しゃくりあげる自分の声が、妙に遠くから聞こえました。

頭を上げると、祖母はいなくなっていました。

私は慌てて立ち上がり、痛む腹を押さえて戸棚を探って小銭をかき集めました。


悪い男が言うところの「手っ取り早く稼ぐ」ことだけは、もうしたくなかった。それでも、なにができるのかと考えたとき、思いつくものはありませんでした。

島を出てからできるようになったことは、お酌と煙草に火をつけることくらいです。あの男に毎日させられていたし、たまに働きに出されたスナックでも「気の利いたことが言えないんだから」と厳しく仕込まれたのでした。

すすきのを回ることにしました。まとまったお金ができたら、札幌を離れ、のどかな港町で暮らそうと思っていました。

派手なネオンの店は避け、求人の貼り紙のある小料理屋や中華料理屋を訪ねました。住み込みで雇ってくれるところは見つかりませんでした。

くたくたになった。あきらめかけた。求人の貼り紙よりも、お金や食べ物が落ちていないかを気にするようになりました。

ビルの一階にある小料理屋の貼り紙を見つけても、期待はしませんでした。すでに店じまいをしたらしく、のれんは出ていません。

引き戸を開けると、カウンターのなかにいた女のひとと眼が合いました。どうしたの？と訊ねた声は、年寄りじゃないのにしゃがれていました。紺色の着物に芥子《からし》色の帯、薄く化粧をしています。

もし母が生きていたらこのくらいの歳だったかもしれない、と思いました。

「働かせてください。お金がないんです。行くところもないんです」

そう言ったとき、生まれて初めて素直になれた気がしました。赤ん坊になって裸で泣き叫んでいる感覚。ひもじいよう、さびしいよう、こわいよう。祖母でも母でもなく、見ず知らずのひとの前でそうしている自分に悲しくなり、涙がこぼれました。

「あんた、どっから来たの？」

そう訊きながら、女のひとは煙草を一本抜き取りました。カウンターに使い捨てライターがあるのを見つけ、私は素早く火をつけました。

女のひとは唖然としたのち、けたたましく笑い出しました。帯を叩きながら、ひいひいと苦しそうです。

「あのね、うち、そういう店じゃないから」

ああおかしい、と目尻を指でなぞりながら、

「で、どっから来たって？」

と、もう一度訊きました。

私が島の名前を告げると、ああ聞いたことあるわ、とさして興味もなさそうでした。

「家出？」

そう訊かれ、躊躇しました。帰る家がなくても、家出になるのだろうか。

「帰るところも行くところもないんです」

正直に答えました。

「いくつ？」

じゅう……、と私が答えかけると、

「あ、いいいい。言わなくていいよ」

と制し、煙草をすっぽーうと吸い込み、勢いよく煙を吐き出しました。

「名前は？」

「いち、え。熊谷一恵です」

一恵、ととっさに浮かんだとき、この名前だったらどんなによかっただろう。そう思いました。

いちばん恵まれる子。ひとつ恵まれる子。

私は、ひとつ恵まれる子でいい。


小料理屋のママのアパートに住まわせてもらえることになりました。

ママには、私よりひとつ上の良子《りょうこ》さんという娘がいました。白線が二本入ったセーラー服を着て高校に出かける後ろ姿を羨ましく思ったものです。

澤村くんも百合ちゃんも、こんなふうに生地のところどころが光った制服を着て、黒い革の鞄を持って、毎朝あくびしながら高校に行っているのだろう。そう想像すると、新しい世界を垣間見ている高揚感と、そこに加わることができなかった疎外感がこみ上げてきました。

「ねえ、お医者さんになるひとが行く高校って知ってる？」

良子さんに訊いてみました。

「大学ならあるけど、そんな高校ないよ。ああ、でも、頭のいい高校ってことかな」

爪をやすりで磨きながら、良子さんは「頭のいい高校」の名前を三つほど挙げてくれました。

私は毎日、昼過ぎにママの店に通っていました。掃除を済ませ、おしぼりを丸め、仕込みの手伝いをしてからアパートに帰るのが日課でした。その帰りに、良子さんに教えてもらった高校のひとつに行ってみました。

ちょうど下校時間で、学校周辺には学生服を着たひとたちがあふれていました。男子は黒い学ラン、女子は三本線の濃紺のセーラー服。あと少しで夏服に替わる季節で、黒っぽい集団は暑苦しく見えました。そのなかに澤村くんがいないか探すうちに、奇妙な心地になっていきました。みんな同じに見えるのです。まるで「男子高校生」というお面をつけているようで、ひとりひとりの見分けがつかないのです。それは、女子にも言えることでした。

急に恥ずかしくなりました。学生服を着ていない私は、裸体をさらしながら歩いているようなもので、この場所では異質な存在でした。

どうしてだろう。こんなにたくさん学生がいるのに、どうして私はそこに含まれないのだろう。どうしてそういうふうに生まれてこなかったのだろう。百合ちゃんがよかった、良子ちゃんがよかった、ここにいる女子のひとりがよかった。それなのにどうして？

私のような境遇に生まれてくる確率は、ほとんどゼロに近いはずなのに。私が私に生まれてきたことには、なにか意味があったのだろうか。なにかの力が働いたのだろうか。そう考えると、体の芯が冷たくなりました。

もしそうだとしたら、私は強大な意志に背いてしまったことになる。バチが当たる。悪いことが起こる。いまよりも、もっともっと怖いことに襲われる。

すべて嘘だっ。私は胸の内で叫びました。

祖母が言ったことも、やったことも、すべてでたらめだ。島のひとたちも言っていたではないか、ペテン師、いんちき家族、って。

だから、バチなんかない。神様なんかいない。因縁なんかない。供養も魔除けも意味なんかない。

それでも、うなじのすぐ後ろを、バチが当たる予感がひたひたとついてくるのをいつも感じていました。


気兼ねはしたものの、ママと良子さんとの暮らしは穏やかでした。

それが一転したのは、いつものように仕込みを終えて店を出たときです。

あの男がいる。道路の向こう側で、黒服の男たちと煙草をふかしながらしゃべっている。

私は慌ててビルに戻り、裏口から走り出しました。

どうしよう。どうしようどうしよう。悪い男は私を探している。捕まえて連れ戻すつもりだ。

「俺のおもちゃ」と、よくあの男は言いました。俺のおもちゃ、とにやつきながら、私の足をひらいたり手首をねじり上げたり頭を撫でたりするのです。

逃げなければ。

そう思ったとき、ふいに怒りがこみ上げました。

また逃げなければならないの？　逃げつづけなければならないの？

島を出てきたときのことを思い出しました。もし祖母にとめられたら殺せばいい、とあのとき私は考えたはずでした。どうしていままで忘れていたのだろう。

殺せばいいのだ、あの悪い男を。

そう結論したら、なぜだかおかしくなって笑い出したのを覚えています。

ママと良子さんに書き置きを残してアパートを出ました。ぐらり、と地面が揺れました。

さらに反対側に揺れます。足元が頼りない。ああ、まだ海の上だ。どこにも辿り着けていないのだ。

私はスーパーマーケットに入り、包丁を洋服の下に隠しました。外に出て持ち直すと、包丁の重さは命の重さに感じられました。思ったよりも軽い。ずしりとした手応えがない。これは誰の重さだろう。私だろうか、あの男だろうか。

どうでもよかった。どっちにしろこの程度の命がひとつなくなるに過ぎないのだ。まず、眼を刺そう。私を見つけることができなくなるように。足も切ろう。私を探すことができなくなるように。腕も、耳も、舌も。そして最後に、性器を切り落とすのだ。ひとを殺したとき、私は因縁の源になるのだろうか。近寄るものすべてを汚《けが》すのだろうか。体のなかで震えが起こりました。興奮と快感、そして絶望を感じました。殺す。それなのに、いくら歩いても見知らぬ風景のなかをさまようばかりでした。私は、あの男のアパートを覚えていなかったのです。

札幌を離れ北へ向かった私は、山あいの温泉旅館で住み込みを始めました。働いて、くたびれて、寝る。その繰り返しは、私にとって心地よいものでした。給料をもらうと、同僚と一緒に電車で一時間ほどのまちに出かけるのがなによりの楽しみでした。洋服を試着したり、チョコレートパフェを食べたり、映画を見たりしていると、ごく普通の女の子になった気持ちがしました。

同僚たちの話題は、ほとんどが恋愛のことでした。ちがうことをしゃべっていても、いつのまにか男のひとの話へと移っていきます。

温泉旅館で私は、佐藤友子と名乗っていました。ありがちな名前がよかったのです。

「トモちゃんはどういうタイプが好き？」

と、よく訊かれました。

「やさしくて強いひと」私はいつもそう答えました。「私を守ってくれるひとがいい」

同僚たちも同じようでした。私の返答に、そうだよねえ、頼れるひとがいいよねえ、などとうなずく彼女たちに囲まれていると、普通の女の子にふさわしい笑みが自然とのぼりました。

一年が過ぎたころ、正彦さんを紹介されました。同僚の恋人の知り合いで、医療機器メーカーに勤める十歳上のひとでした。

ダブルデートと称して何度か四人で食事をしましたが、それだけでした。正彦さんも私も積極的にしゃべるタイプではないうえに、年齢が離れているせいか共通の話題もありません。なにを考えているのかわからないひと、それが正彦さんの印象でした。

やがて正彦さんの東京転勤が決まり、送別会代わりに四人で中華料理を食べに行きました。トモちゃんさびしいでしょ、とか、トモちゃんも一緒に行っちゃえば、と同僚に冷やかされましたが、私に特別な感情はありませんでした。店を出るとふた組に分かれ、私は正彦さんに車で送ってもらうことになりました。

温泉街まではカーブ続きの山道です。十時を過ぎた時刻で、前を走る車もすれちがう車もありません。両側の森がくろぐろとしていました。

「東京に行ったことはありますか？」

前を向いたまま正彦さんが訊いてきました。

「いえ」

「行きたいとは思いませんか？」

「ええ」

「いつでも遊びに来てください」

「はい」

「待ってますから」

会話が途切れると、低く唸るエンジンの音しか聞こえません。旅館の明かりが見えたときにはほっとしたものです。

旅館の裏にある寮の前で、私は車を降りました。どうもありがとうございました、と助手席のドアを閉めようとしたときです。視界のすみに、近づいてくる人影が映りました。あの男だ、とすぐにわかりました。

「よう」

男が声をかけてきたのと、私が助手席に戻ったのはほとんど同時でした。

「出してくださいっ」

ドアを閉めて叫びました。

「早く早く早くっ、お願いっ」

正彦さんは車を急発進させました。山道を上へと走っていきます。

「ついてきますね」

正彦さんの言葉に振り返ると、こうこうとしたヘッドライトが下から迫ってくるのが見えました。カーブで消えたかと思うと、現れ、消え、また現れ、確実に近づいてきます。

「追いつかれますね」

「だめだめ。もっと速くっ」

「無理です。車がちがいます」

正彦さんはあっさりと路肩へハンドルを切りました。

車が停まるか停まらないかのうちに、私は助手席から飛び出しました。背後でヘッドライトが激しく瞬き、パフォーンとクラクションが凶暴に響きました。

逃げる私の前に黒い車が滑り込み、行く手をふさがれました。運転席のドアが開き、あの男が降りてきました。

「どうして逃げるのかなあ」

おどけた口調が不気味でした。

「さ、帰りますよう」

「いや」

「おまえは俺のおもちゃなんだから」

「来ないで」

「ざけんなよっ」

頰を張られ、手首をねじり上げられると、体がすくんで動けなくなりました。

「嫌がってるじゃないですか」

振り返ると正彦さんが立っていました。そのときの正彦さんは、まるでそびえるように大きく見えました。

「なんだてめえ」

私の手首を放した男の手には、いつのまにかナイフがありました。ヘッドライトに照らされた刃が冷たい色に輝いています。

「いいとこ見せたいのはわかるけど、慣れないことすんなって。怪我しないうちに帰んな」

殺しておけばよかった。あのとき、あきらめずにアパートを探し出して、包丁で眼を突き、足を落とし、心臓をえぐればよかった。食いしばるようにそう思ったら、いまだっていいのだ、と気づきました。いま、ここで殺せばいい。そうだ、まだ間に合うじゃないか。

私は足元を見やり、目についた大きな石を急いで拾い上げました。

「なんだよ、おまえ。そんなもん持って、それでどうしようっていうんだよ」

石をきつく握り直したとき、その声が私の背後に向けたものだと気づきました。

正彦さんが棒のようなものを頭上に掲げていました。ゴルフクラブだと気づいた次の瞬間、勢いよく振り下ろされました。

鈍い音がして、男が崩れ落ちる。けれど、倒れはせず、地面に両手をついて堪えています。

「てめえ」と顔を上げると、頭から血がつうっとつたいました。

「絶対に、赦さねえからな」

眼球が裏返りそうなほどの上目づかい。全身の力をかき集めて立ち上がろうとします。

ひゅっ、と正彦さんが息を吸い込み、ゴルフクラブがまた振り下ろされました。硬いものが砕ける音。もう一度、さらにもう一度。男は地面に倒れ、動かなくなりました。

正彦さんは荒い呼吸で私を見つめました。その眼がなにかを強烈に欲していました。正彦さんの視線にまさぐられ、あ、と声が出ました。

「ありがとう」

自分の声が耳に入った瞬間、正彦さんが最も欲しがっているものをきちんと手渡せたことが感じられました。

「助けてくれてありがとう。ありがとうございます」

正彦さんは、車のトランクからビニールシートを取り出しました。彼の車にはさまざまなものが入っていました。ゴルフクラブ、スコップ、脚立、長靴、寝袋、炭、焼き網。死体はビニールシートに包み、斜面に埋めました。

きみもこのまちを離れたほうがいい、と正彦さんは言いました。

「一緒に来ますか？」

その声は少し震えていました。

トモちゃんはどういうタイプが好き？

同僚の無邪気な声がよみがえります。

――やさしくて強いひと。私を守ってくれるひとがいい。

このひとは、私を命がけで守ってくれた。やさしくて強いひとだ。

私はこのひとと結婚するのだろうか。結婚したら、私はお嫁さんになれる。藤田のおばあちゃんに言われつづけた「かわいそうな子」ではなくなる。

不思議なことに、あの男を殺したことも、死体が見つかることも、捕まることも、私にとってそれほど恐ろしいことではありませんでした。

けれど、正彦さんはちがったようです。時間がたつほど、あの男の死にひどく怯えるようになりました。正彦さんの両親が相次いで逝ったとき、口にはしませんでしたが、あの男の怨念のせいだと思い込んでいるのが伝わってきました。

私が怖いのは、もっと漠としたもの。もっと茫洋《ぼうよう》としたもの。たとえばそれは、うなじのすぐ後ろをついてくるバチが当たる予感のようなものでした。

妊娠に気づいたとき、これですべてがわかる、と思いました。もし男の子だったら、私は赦された、逃れられた。島から続く強大な意志を断ち切れたことになる。

明生が生まれると、祖母の声が聞こえるようになりました。

――そらみろ。

舌打ちが混じった声。

姿は見えませんが、クッキー缶に入った母の骨を見たときのような顔をしているのでしょう。

——そらみろ。

祖母が嘲笑《あざわら》います。

——子供は女の子ひとりと決まってんだよ。

ひとりの女の子、だから私は一子なのでした。

明生と一緒に死のうと何度も考えました。

最初は生まれてすぐ、まだ首の据わっていないころでした。居間のベビーベッドで明生は眠っていました。薄い眉、まばらなまつ毛、尖った上くちびる。男の子にも女の子にも見える寝顔でした。まだ間に合う、と打たれたように思いました。これはまだ女になっていない。いまならなかったことにできる。

私はタオルを水で濡らし、明生の顔にかぶせようとしました。葛藤や躊躇はありませんでした。

明生がぱちりと眼を開けました。そして私をまっすぐ見上げ、まるでこの瞬間を待っていたかのように幸福そうに笑ったのです。その笑顔に射貫かれ、動けなくなりました。いつもそうです。ビルの屋上に立ったときも、浴槽に沈めようとしたときも、首に手をかけたときも、私の瞳の奥になつかしい場所を見ているように、声もたてずに笑うのです。そのたび私は息をのみ、明生を抱いて涙を流しました。

二人目を妊娠したとき、私が感じたのは歓びよりもあきらめでした。どうせこの子は生まれてこないだろう。ひとりの女の子、だから私は一子なのだ。ところが、お腹の子はすくすくと育ちました。すくすくと育つさまを身の内に感じました。女の子だ、となぜかわかりました。

この子が生まれたら、私は「ひとりの女の子だから一子」から解き放たれる。

愛子はとてもかわいかった。頬はやわらかく、匂いは甘ったるく、瞳は清らかに輝いていた。きゃはあ、と笑って唾を飛ばした。

そんな愛子を見ていると、私もかつてはこんなだったのだ、とせつない気持ちになりました。母に愛されたことがあった。抱きしめられたことがあった。深海から浮かび上がるようなあいまいな記憶は、もしかすると私のものではなく、原始から引き継がれた人類の記憶なのかもしれません。

私はその無垢《むく》な存在に、すべて赦された気持ちになりました。島を出たことも、因縁にまみれたことも、血を汚したことも。私は解放された。そう都合よく解釈しました。

けれど、強大な意志から逃げ切ることはできなかった。

やがて愛子が、正彦さんを見て泣き叫ぶようになったのです。恐怖にひきつった顔と凄まじい悲鳴、少しでも遠ざかろうとそらせた背中。愛子がなにを見ているのか確信しました。

赦されない。逃げられない。島から続く意志にのみ込まれてしまう。

千粒団子を思い出しました。島を出たのに、祖母もいなくなったのに、私は自ら千粒団子をつくり、家の敷地内と周囲に置くようになりました。けれど、つくり方が悪かったのか、汚れた血のせいか、愛子には変わらずあの男が見えているようでした。

——お父さん、もうそのひと連れてこないで。

愛子がそう言ったときの、正彦さんの顔。一瞬のうちに、さまざまな感情が現れました。驚きと恐れが鎮まると、傷ついたような裏切られたような痛みのあいまから、じんわりと憎しみが染み出してくるのが見えました。その憎しみは、私に向けられたものでした。

赦されない。逃げられない。お嫁さんになったのに、「ひとりの女の子」から抜け出したのに、それでも島からついてくるものがある。じゃあこの先、どうすればいいのだろう。島を出たのは、したくなかったから、されたくなかったから、だ。私がしたいことはなんだろう。島を出ればなりたいものがわかると思っていたのに、いつまでたっても見つからない。

しだいに、ぼんやりするようになりました。子供たちが学校に出かけると、食卓に座り、気がつくと夕方近くになっていることもよくありました。ぼんやりが入り込まないように、忙しくすることを心がけました。家のすみずみを掃除し、ていねいにアイロンをかけ、クッキーやパンを焼く。つらくはないし、苦しいことも痛いこともないのに、悪い男のアパートにいたときのようになにも考えることができませんでした。

結婚したのに。ふたりの子供の母親なのに。ここが最終地だ。ここにいなければいけない。そう言い聞かせても、私の心はどこかへと逃げたがっていました。逃げなければ、と急きたてる声が押し寄せてくるのです。

あるとき、母の骨があざやかに浮かびました。ああ、そうか、と悟りました。母は自ら死を選んだのかもしれない。

死ねばいいのだ。閃光のように生まれたその考えに、救われた気持ちになりました。島とつながっているのは、私だけだ。私がいなくなれば輪廻は尽きる。

あのひとに出会ったのは、そのころです。

自転車で無人の野菜直売所に出かけた日のことです。ジュース工場の跡地に、あのひとはいました。その姿がまるで切り離された影のように頼りなかったのを覚えています。

フェンス越しに見つめる私を振り返ったその顔は、半分がガーゼに覆われていました。私はひとことも発していないのに、彼は聞き取れなかった言葉を求めるように首をかしげました。まだ若く、男の子からやっと抜け出したくらいに見えました。どこか不思議そうな眼を私に向けたまま、建物の壁を無言で指さします。

私は自転車を置いて、フェンスの壊れたところから入りました。自分の体のなかにある、もうひとつの体が勝手に動いているようでした。

建物の壁にはたくさんのいたずら書きがありました。あのひとが指さしているところには〈死ロス！〉と赤いスプレーペンキの文字がありました。

「ほんとは殺スって書きたかったんだろうね。殺スも満足に書けない子供のくせに、殺したい衝動があるなんてかわいそうに」

あのひとがそう言ったとき、このひとは自分自身を殺そうとしている、と感じました。そして、私のなかにある同じ願望を見透かされたのがわかりました。

あっ、と同時に息をのみました。互いの視線が強まったとき、意識の底から私の知らない私が染み出してきました。初めて足をひらいたときの感覚がよぎりました。澤村くんとの密やかな交わり。あのとき、自分の中身が入れ替わったように感じたのでした。

私とあのひとは、密会を重ねました。

あのひととのアパートに行ってしまうと戻れなくなりそうで、工場の跡地のそばのホテルで会いました。

私は流れていきました。暗い船底から抜け出し、温かな海を漂っているようでした。辿り着かなくてもいいのだ、と思いました。行き先がなくても、終着がなくても、こうやって漂い流れていればいい。

「一子さんの夢はなに？」

ぶっきらぼうにも聞こえる言い方。あのひとはベッドにうつ伏せになり、顔を反対側に向けていました。

夢、とつぶやいたきり言葉が出てきませんでした。思いついたのは、男の子を産む、ということです。それは、確かに私の叶わなかった夢でした。

「俺の夢はね」

私の答えを待たずに、彼はしゃべり出しました。

「子供のころは、死んだひとを生き返らせる薬をつくりたかった。けっこう本気だった、中学生くらいまで。それからずっと夢がなくなって、でもいまは、一子さんと生きていくことが夢だから」

そう言って、勢いよく私に顔を向けました。

激しい眼だった。怒っているようでもあり、やけになっているようでもあった。額から頬にかけての傷はまだ生々しく、ふとした刺激でぱっくり開いてしまいそうだった。

父親に襲われたのでした。一緒に死のう、と彼を切りつけた父親はその直後、車ごと崖から転落したそうです。

「男はみんなおかしくなるんだ。親父も、じいさんも。じゃあ子供なんかつくるなって話だよ」

血なんだ、とあのひとが言ったとき、ここにもそういうふうに生まれてきたひとがいる、と思いました。血のつながりのなかに生まれ、強大な意志を断ち切れずにいるひと。

「ふたりで逃げよう」

あのひとは言いました。

「どこに？」

「どこでもいいよ」

「逃げてどうするの？」

「一緒にいるだけだよ」

やがて、あのひとはうちを訪ねたり、周囲をうろつくようになりました。夫や子供たちに話すと迫るようになりました。だから、ふたりで逃げよう、と。

――バチが当たる。

祖母の声が聞こえます。

うなじのすぐ後ろをついてくるバチが当たる予感は、祖母の声となって四六時中、耳に吹き込まれるのです。

私は、あのひとの子供を身籠りました。

男の子だと診断されたとき、明生のことがあったにもかかわらず信じることができました。私の体にはすでに、まったく新しい命を宿している感覚があったのです。


久しぶりに正彦さんに会う日、私は数年ぶりに千粒団子をつくりました。どうかお腹の子に災いしませんように。ひと粒ひと粒に願いを込め、手のひらで小さな団子を丸めました。

——このバチ当たりっ。

耳元で祖母がなじります。

——地獄に行ってもいいよ。

そう答えたら、笑いがこみ上げてきました。

どう抗《あらが》おうとしても、バチのほうへと近づいてしまう。いっそ地獄に行ってしまえば、怖いものなどなくなるのかもしれません。

正彦さんは、離婚話に飛びつきました。

「子供たちはどうするんだ？」

「お願いします」

正彦さんの顔に、驚きとためらいが浮かびました。

「明生も、愛子もか？」

「はい」

「……どうしてだ？」

正彦さんは、愛子を引き取ることに躊躇したのかもしれません。

——お父さん、もうそのひと連れてこないで。

幼い愛子が放った言葉を思い出したのでしょう。

あれ以来、愛子にはあの男が見えていないようでした。正彦さんが帰ってくるたび、お父さんお父さん、と駆け寄り、笑いかけ、ときには抱きついたり膝に乗ったりしました。無邪気に甘える愛子に、正彦さんはいとおしげなまなざしを向けるようになりました。

私は愛子を連れては行けない。だって愛子には、私にまとわりつく祖母が見えているのですから。日本海の砂浜で、「怖いって、おばあさんのこと？」と愛子が言ったとき、島とつながっているのは私だけじゃない、と気づかされました。愛子も、強大な意志に呑み込まれつつある。愛子は私に近すぎる。そうさせたのは私です。

このままだと、祖母が愛子になにか吹き込むかもしれない。私が断ち切ろうとするものを愛子が引き受けるかもしれない。

ちょうどそのとき、愛子が学校から帰ってきました。お父さん、おかえりなさい、と弾んだ声で言い、今日は泊まれるの？　と甘えました。

この無防備な子供に、知らない男の前で足をひらかせるようなことがあってはいけない。それは地獄よりもおぞましいことだ。この子を、私から遠ざけなくては。祖母から遠ざけなくては。


正彦さんと最後に会ったのは、愛子が友達のうちに泊まりに行った夜のことです。

「せいせいするよ。おまえと縁が切れてほんとうにせいせいする」

正彦さんは酔っていました。

「子供たちをよろしくお願いします」

そう言って下げた頭を戻したとき、怒りを溜め込んだ眼とぶつかりました。

「ふざけるなっ。せいせいできると思ってるのかっ。誰のせいだ？　おまえのせいだろう。おまえはいいよな、好き勝手できるんだから。でも、俺は一生怯えながら生きていかなきゃならないんだ」

最後だから言いたいことを吐き出すことにしたのでしょうか、正彦さんはまくしたてました。

「もう忘れてください」

「忘れられるわけないだろっ。おまえのせいだ。おまえと知り合ったせいで俺の人生はめちゃめちゃになったんだ」

正彦さんは立ち上がると、椅子を蹴り倒しました。それだけではたりず、食卓の上のしょう油さしを床に叩きつけてから出ていきました。

しばらくのあいだ動けませんでした。台所には、ビーフストロガノフをつくろうとして用意した牛肉や玉ねぎやマッシュルームがそのままになっていました。

あのひとと待ち合わせをしていました。約束の時間まであとわずか。早くしょう油さしを片づけて、牛肉や玉ねぎを冷蔵庫に入れなくちゃ。そう思うものの脱力感に囚《とら》われ、そのまま出かけました。

「大学を辞めた」

ホテルに入るなり、あのひとは言いました。

「仕事も決めたし、ふたりで住むアパートも借りた。だから一緒に行こう」

「地獄に？」

つい口をついた言葉に、

「地獄に」

あのひとは即答し、どっちみち地獄だよ、と笑うように言います。

「俺、あなたを殺せるよ。あなたの子供だって殺せるよ」

このひとは私の地獄を引き受けてくれる。そう確信しました。

「荷物を取ってくる。だからここで待ってて」

ほんとうは荷物なんてどうでもよかった。ただ、ひとりになって自分の決意を確認したかったのです。

私は、夜の道を急ぎました。捨てるのだ、と嚙みしめながら。明生を捨てる。愛子を捨てる。私を捨てる。ふと、骨でしか知らない母を思いました。私は、私を捨てた母と同じことをしようとしている。断ち切るはずの血が、自分のなかに流れているのを感じました。

台所に置きっぱなしのビーフストロガノフの材料を見たとたん、握りしめていた覚悟が指のあいだからこぼれていきました。座り込んだ私を、力ずくで立たせるものがありました。あのひとです。

「行けない」

私は言いました。

「行かなくてもいい」

彼はかすかに笑いました。

「あなたは出ていくんじゃなくて、俺にさらわれるんだから」

そう言うと、飾り棚の上のものを腕で払い落とし、引き出しの中身を床にぶちまけました。

私は、はっとしました。明生はいないだろうか。あの子は、いつもいきなり帰ってくる。部屋に閉じこもっているから、いるのかいないのかわからない。

階段を駆け上がり、ドアを開けました。部屋は真っ暗で、煙草の匂いに混じってメープルシロップに似た匂いが感じられました。あの子はこんな匂いをしていたのだ、といまさらながら気がつきました。


明生、ごめんね。ごめんなさい。


破ったノートにそれだけ書きました。

いつか、きっと、きちんと話すから。明生にも、愛子にも、すべて話してあやまるから。

その場しのぎの誓いでした。

警察には二度、事情を説明しました。

一度目は家を出た数時間後、あのひとと一緒に交番に赴きました。家の前にパトカーが停まっているのが見えたからです。浅はかなことに、そこまで考えていませんでした。

誰が警察を呼んだのだろうと考えると、愛子のような気がしました。なにかを察知し、友達のうちから帰ってきたのかもしれません。荒らされた居間を見て、私になにかあったと思ったのでしょう。

若い警官はどこかに連絡をとったのち、厳しい顔を向けました。

「前のご主人からも事情を伺ったみたいですね。でも、人騒がせなことはやめてくださいね」

二度目は、その一週間後でした。

あのひとと暮らしはじめたアパートに、別の警官が訪ねてきました。愛子が、お母さんは殺された、と交番で訴えているそうです。念のため安否の確認をしに来たと言う警官は、

「事情を説明してあげたらいかがですか？」

と、憐《あわ》れむような蔑《さげす》むような表情でした。

「このままだと、お子さんがかわいそうじゃないですか？　お母さんは死んだと思い込んでいるんですよ」

私は、四次元冷蔵庫を思い出しました。

いつだったか愛子が話してくれました。ジュース工場の跡地に、死んだひとを運ぶ冷蔵庫がある。丑三つ時に行けば死んだひとに会える、と。

愛子は四次元冷蔵庫を試すかもしれない。

私はあのひとに、冷蔵庫を別の場所に運んでくれるよう頼みました。ちょうどそのころ、不法投棄された冷蔵庫のなかで子供が窒息死する事故があったのです。

その夜のうちに友達の軽トラックで出かけた彼は、思いつめた顔で帰ってきました。「移動してきた」とそっけなく告げ、すぐに布団に入って私に背を向けました。愛子を心配する私に腹を立てていたのでしょう。

私のまぶたの裏には、調理台の牛肉や玉ねぎ、マッシュルームが浮かびました。せめてあの日、ビーフストロガノフをつくればよかった。なぜかそんな後悔が膨らみました。

幸太《こうた》が生まれたとき、「見て！」と私は叫びました。

見て！

私は男の子を産んだ。女の子だけじゃなく、男の子を産んだ。ねえ、見て！　私を見て！

世界に向かって叫んでいる心地でした。

私は、生まれたばかりの赤ん坊を胸に抱きました。肌と肌がふれ合った瞬間、涙があふれてとまらなくなりました。

悲しかった。誇らしかった。孤独だった。嬉しかった。絶望した。幸福だった。不安だった。私のなかのあらゆる感情がいっせいに針を振りきり、制御不能になったのです。

幸太を胸に乗せたまま、私は大声で泣きつづけました。私の上で、幸太もあーあー泣いていました。

――お嫁さんになって、男の子を産むの。

島の少女が浮かびました。あのとき少女は、男の子を産んだその先になにがあると思っていたのでしょう。

*

「昔さ、百回目のプロポーズっていうドラマがあったんだよ」

「百一回じゃねえの？」

「なんでおまえが知ってんだよ。まだ生まれてないだろ」

「なんかコントで見た。ぼかあ死にましぇーん、ってやつ」

「ふうん。まあ、いいや」

「また断られたって話だろ?」

「なんでわかるんだよ」

「わかるよ」

「俺、絶対百回以上プロポーズしてるよ」

「だから百一だって」

「いいんだよ、そんなこと」

真一《しんいち》さんと幸太がしゃべっています。真一さんの声が大きいのは、私に聞かせようとしているからでしょう。

私と真一さんは籍を入れていません。戸籍では、幸太は真一さんの養子になっています。真一さんの言葉どおり、いままで百回以上、籍を入れようと、入れてくれと、なんで入れないんだよ、と言われました。

「そんな大きい声出しても無駄だよ。母さん薬飲んで熟睡してっから」

幸太にも見抜かれています。

「頭痛、ひどいのか?」

真一さんは声を潜めましたが、狭い家のすぐそこでしゃべっているので筒抜けです。

薄く眼を開けると、襖のあいだに幸太の足が見えました。素足のかかとがずいぶんたくましくなっていることに気づき、いつのまにこんなに大きくなったのだろうと鼻の奥がつんとしました。けれど、泣きはしません。幸太を産んだとき一生分の涙を流したのですから。

「父さん、めし食う？」

「食うよ。あたりまえだろ」

「はいはい」

襖のあいだの素足が離れていきました。台所から食器がぶつかる音が聞こえてきます。

真一さんが近づいてくる気配がし、私は眼を閉じて眠っているふりをしました。できたよ、と幸太が呼ぶまで、真一さんが息を殺すように私を見下ろすのを感じていました。

「おっ、ビーフストロガノフか」

「何回言ったらわかるんだよ。ハヤシライスだよ。豚肉なんだから」

「おまえがつくったのか」

「そうだよ」

「えらいなあ」

「春休みだしね」

幸太はもうすぐ中学三年生になります。

幸太が生まれてから一度も、私は明生と愛子について口にしたことはありません。それは真一さんも同じでした。

ふたりのことを言い出したのは、意外にも幸太でした。いまからちょうど二年前、小学校を卒業したばかりのときです。

「駆け落ちなんだって？」

軽い口調を意識したようですが、視線は泳ぎ、くちびるは尖っていました。

私の顔に激しい動揺が現れたのでしょう、見てはいけないものを見てしまったように幸太は慌てて眼をそらしました。

「全部父さんに聞いた。どうせいつかわかることだからって。それから、父さんと母さん、ほんとは結婚してないんだって？　それもいつかわかることだからって。で、俺には姉さんがふたりいるんだってね」

「真一さんがそう言ったの？」

「そうだよ」

眼の奥が熱くなり、喉が痺れました。それでも私は泣きませんでした。

「父さん、そのふたりに申し訳ないとかかわいそうとか思ったこと一度もないんだって、俺が生まれるまでは。そのふたり、母さんがいまどうしてるか知らないんでしょ？」

「うん」

「俺は知ってよかったよ。俺ならどんなことでもすべて知りたいと思うから」

そう言えるまで、たくさん悩み、考えたのでしょう。すがすがしい決意が感じられました。

「って言ったら父さんに、若いな、ってばかにされたけど」

と笑って、ひと呼吸おきました。

「あと、父さんにバタフライナイフもらった。俺がおかしくなったら迷わずこれで刺せ、だって。ばかみたい。ふつう父親がそんなこと言う？　うん、それも聞いた。父さんの父さんのこととか。ちょっと、いや、すごくびっくりしたけど。っていうか、びっくりすることばっかだけど」

でも、と私をまっすぐ見つめた幸太の眼は、子供と大人が混じり合っていました。

「俺はやっぱり知ってよかった」

私は、その場しのぎの誓いを思い出しました。あの家を出るとき、いつか、きっと、すべて話してあやまるから、と約束するふりを自分にしたのでした。

「地獄に行く覚悟だったの。私も、真一さんも」

けれど、行こうと思ってもなかなか辿り着けないものなのです。

最近思うのは、それがなんなのかわからないまま、私はしたかったことを叶えていたのかもしれない、ということです。

私は結局のところ、自分の生きたいように生きたのですから。


いつのまにか眠っていました。

襖のあいだはほの暗く、衣擦《きぬず》れがかすかに聞こえます。からん、と氷の音。真一さんが焼酎を飲んでいるのでしょう。

私は布団から出て、襖のあいだに立ちました。

真一さんが泣いている。ちゃぶ台の前にあぐらをかき、片手にコップを持ち、片手で顔を覆っている。真一さんのすすり泣きが衣擦れに聞こえたのでした。

「あ」

私に気づいた真一さんは無防備な声を出し、

「えへへ」

と、笑い声をつくりました。

私は、真一さんの横に座りました。顔を覆っていたほうの手で、彼が私の肩を抱きます。

「さっき、二年前のことを思い出してたの」

「うん？」

「幸太が、全部父さんに聞いた、って言った日のこと」

「うん」

真一さんは洟《はな》をすすりました。かなり酔っ払っているようです。

「私、やっぱり全部伝えたいと思った、明生と愛子に。そうじゃないと地獄に行けない」

「地獄なんてないよっ」

絞り出すように叫んで、私をきつく抱きしめます。

「全部嘘だから。ふたりで地獄に行こうとか、血のつながりから逃げようとか、そんなの全部嘘だから。後付けの言い訳だから。ただ好きだった。ただ一緒にいたかった。それだけなんだよ」

ごめんね、ごめんね、と泣きながら繰り返す真一さんの涙で、私の頬が熱く濡れていきます。それでも、私は涙を外に出すことができません。

私の脳には、いつ破裂するかわからない血の塊があります。あまりにも大きく深く、取り除くことはできません。自分の脳で生まれた血の塊を想像すると、それは祖母になったり悪い男になったり、骨でしか知らない母になったりし、最後には自分の顔になるのでした。

うなじのすぐ後ろをついてきたものに、とうとう私は捕まりました。それなのに不思議です。少しも怖くありません。
真一さんは、私の布団のなかでいびきをかいています。
私は書きかけの手紙とペンをちゃぶ台に持ってきました。
私が死んだら真一さんは、明生と愛子を探し出し、手紙を渡してくれるだろうか。
明生。愛子。ふたりとも家族を持ち、母親になっているかもしれません。
子供は何人？　男の子？　女の子？
私はまだそんなことが気になるのです。

# 解説

豊﨑由美

毒母。

母による同性間ならではの娘への束縛や虐待（分身としての過度な私物化やコントロール、夫婦間の不満や愚痴のはけ口としての利用など）を受けるも、娘は「母性」神話によって母親を悪者に出来ず、又は気付かずに苦しみ自身の人生を生きられなくなるとされる。支配型の毒母の場合、娘の世話を熱心にみることから、周囲からは愛情深い母親の行為として見られたり、母親の愛を得んがために、その期待に沿って猛進するため、社会的には成功する場合もあり、そのため周囲に苦しみを理解されない娘の苦悩はより深い。母を負担に感じる娘の場合、摂食障害や鬱といった精神的症状が表れる事例が多いといわれている。

（Wikipediaより）

母と娘という関係にだけ起きるこのような現象を思う時、わたしは、子宮を媒介につながる女の入れ子状態を頭に思い浮かべてしまう。自分は母の子宮の中にいて、母もまた母親の子宮の中にいて……遠い遠い昔にまでつながっていく子宮のマトリョーシカ。なんとなくユーモラスに受け取ってしまうのだけれど、それはわたしが十三歳で母を失っていて、墓守娘的な経験も記憶も持たないからなのだろう。自分の母親を「毒母」と思わざるをえない人にとって、子宮のマトリョーシカはおぞましい悪夢なのかもしれない。そんな人が、まさきとしかの『熊金家のひとり娘』を読んだら、どんな感想を抱くだろうか。

「熊金の家は、昔から子供は女の子ひとりと決まってんだよ。ひとりの女の子、だからおまえは一子だ」

北海道の小さな島で、先祖代々お祓《はら》いを生業《なりわい》にしてきた熊金家の女たち。子供を産める身体になったら、島の男の誰かと交わり、娘をひとりだけ産んで跡を継がせることが決まっている貧しい家で、抑圧的な祖母と暮らしている一子は、だから、初潮を迎えることを何よりも恐れている。

「ただひとりの子だから」只子と名づけられた母親はいない。娘を産んだ後に島を出て、一子が小学四年生の時、丸いクッキー缶に入れられた白い骨になって戻ってきた。祖母はその骨を海に流した。

「母の骨が届いたときは、どうして私を置いていったのかわからなかった。恨みごとを言いたい気持ちになった。捨てられた自分をかわいそうに感じた。けれど、いまならわかる。かわいそうなのは、母のほうだ。母は足をひらいてしまった。受粉してしまった。産んでしまった。間に合わなかったのだ」

一子は母親のように、この島から出ていきたいと願う。全身全霊で願う。そして、ついに初潮を迎えてしまった一九七一年、十五歳の一子はフェリーに乗るのだ。親友に「ねえ百合ちゃん、小学生のとき将来の夢を発表したよね。あたし、あのときは決まってなかったけど、いま決まった。あたしの夢はね、男の子を産むこと。お嫁さんになって、男の子を産むの。ひとりだけじゃないよ。いっぱいいっぱい産むの」という言葉を残して。

それが第一章「１９７１年　北の小さな島」。でも、そんな一子の夢がかなわなかったことは、次章ですぐに明らかになる。呪わしい血の因縁から逃れるために島を出た一子に初めて授かった子は女児。彼女は、そのことに深く絶望したあまり、我が子に「明生」という名をつけ、男の子のように育ててしまうのだ。自分には母親はいなかったけれど、「でもね、おばあさんはいたんだよ。おばあさんね、怒ってるよ。そらみろって言ってるよ。でも、ちがうって言うから。この子は男の子だ、って言うから。ね、いいでしょ、明生。いいでしょ、いいでしょ」と娘に言い聞かせる一子。そのくせ、第二子をお腹に宿すと、ピンク色のワンピースを着せようとし、「男の子が生まれるのだと思った。自分は願いを叶えてあげることができなかった。だから母親は自分を見放したのだ」と小学二年生の明生を傷つける一子。いまだ祖母の影におびえ、「バチ」がくだされることを恐れる母親に対し、明生は「自分がバチなのだ」「母親は神様に叱られたのだ。だから、バチとして自分が生まれてしまったのだ」と幼くして痛ましいアイデンティティを獲得してしまうのだ。

毒母となってしまった一子のありようを、明生の視点で綴っていく第二章「1992年霊園からの脱出」の語りの人称は、「私」でも「わたし」でも「あたし」でもなく、「自分」だ。母親のせいで己の女性性とうまく向き合えなくなってしまった明生の心象風景を象徴するように、一子視点で湿度が高めだった第一章と比べ、第二章は乾いている、冷え冷えとしている。わたしは、この、語り手の声に耳を澄ませ、それを文章化して読者に届ける術《すべ》に長《た》けているのが、作家まさきとしか最大の美点だと思っている。

熊金家の呪縛である「ひとり娘」ではなく、ふたりめの娘になったから、姉の明生とはちがって最初から女の子として愛され育った二女・愛子の視点で、母親の一子がいきなり行方不明になるまでを「あたし」の人称で描く第三章「1995年　四次元冷蔵庫」から聞こえてくる声は、姉のパートとはちがって、少し幼稚で不安定だ。というのも、愛子は愛子で、明生に対する失敗を取り戻そうとするかのように、自分に過度に干渉してくる一子によって、母親の気持ちを忖度するばかりのアダルト・チルドレンになっているから。八歳上の姉が同級生男子の円条らと修学旅行を抜け出して家出を敢行した時、「もう自分しかいない、とそのとき思った。もうどこにも行けない、とも思っ」てしまった愛子にとって、母親の失踪がどれほど深いトラウマになったか。その不安や気持ちの揺らぎを、作者のまさきとしかは文体によって読者に十全に伝える。

熊金家の血を色濃く受け継いだのか、霊が見えてしまう愛子が、うさん臭い男のいいなりになって、今ではほとんどその能力を失ってしまった霊視やお祓いをする「ペテン師」と化し、明生は大学に進学し、電子機器メーカーに就職したものの、恋人はおろか友人も作らない日々を送っている。冷ややかな姉と熱に浮かされたようになっている妹、二人の正反対の声が交互に聞こえてくる第四章「ペテン師と鮑の神様」では、一子失踪後の十五年間が明らかになっていく。

生きたまま網の上で焼かれる鮑ののたうつさまを見て、焼身自殺（のちにそうではないことが判明する）のさなか、「神様」と叫んでいたという円条の祖母を思い出し、「神様は生と死のあいだにいる」と直感する明生は、末期の膵臓癌である父親の苦悶を、ほとんど何の感情も抱かずに見つめる。かつては肥満児だったのに、ものを食べるたびに母親を家につなぎとめる役割を果たせなかった罪悪感に襲われるようになった愛子は見る影もなく痩せ衰え、「食べて、ごめんなさい。生きようとして、ごめんなさい。いじ汚くて、ごめんなさい。太ったらどうしよう。バチが当たったらどうしよう。嫌われたらどうしよう」と思いつめるようになっている。そこに、明生が家出に失敗して以来離ればなれになっていた円条と再会し、愛子が母親の故郷の島を訪ねたり、母の失踪直前に目撃した、母の後を追いかける頰に傷のある男と偶然出くわすといったエピソードが加わり、物語はサスペンスの度合いを高めていくのだ。

そもそも、島を出た一子はどんないきさつで夫の正彦と出会い、東京に出てきたのか。愛子には見える「お父さんの首に、蛇のように巻きついてい」る「血まみれの男」が意味するものは何なのか。一子は、なぜ突然失踪してしまったのか。頰に傷のある男は何者なのか。読んでいるうちに浮かんでくる数々の謎は、一子が娘二人に遺したというスタイルで物語られる終章「最後の手紙」によって明らかにされる。その哀しみ、その昏《くら》さ、その身勝手さを、実際に毒母を持つ墓守娘たちはどう受け取るのだろうか。

まさきとしかは、母からの手紙を読んだ明生と愛子の気持ちや、その後の行く末を一切描かない。描かれていないから、わたしたちはそれを想像するしかない。想像するから、一子と明生と愛子の存在が、一層深く心の中に根づいていく。母と娘の複雑な関係性について考えないではいられなくなる。冒頭で、わたしはそれを子宮を介したマトリョーシカとして夢想したけれど、作中、明生が抱くイメージのほうがずっとずっと、いい。

「あるときふと、生命の源は宇宙にあるのだ、と思った。そう思った瞬間、宇宙から無数の糸が垂れている光景が浮かんだ。糸は、すべての生命とつながっていた。いま生きている生命とも、かつて生きていた生命とも。地球上に原始生命が誕生したといわれるのは約四十億年前だ。四十億年のあいだに誕生した生命と同じだけの糸は、宇宙から垂れている。／糸をたぐっていくと、つながっている。生者も死者も、人間も幽霊も、結局は同じ世界を拠点にしているのだ」

その思いが、ずっと冷たく突き放していた妹の愛子が「お姉ちゃんばかりに背負わせてごめんなさい。気がつかなくてごめんなさい」と抱きついてきた時、少しだけ変化する。

「宇宙から垂れた糸は一本なのかもしれない。一本のどこかで、自分も妹も、母親も父親もつながっている。糸の長さを想像すると、意識が拡散し眩暈に飲み込まれた」

まさきとしかの長篇第一作にあたる『熊金家のひとり娘』の単行本が出たのが二〇一一年四月。その七年後、長らく品切れ状態で読めなかったこの作品が、こうしてようやく文庫になったことに、わたしは深く安堵している。すべての母を持つ娘と、娘を持つ母に熱烈推薦できる小説の復活を、心の底から言祝《ことほ》いでいる。

——書評家

この作品は二〇一一年四月講談社より刊行されたものに加筆修正したものです。
JASRAC 出 1802260-302

# 幻冬舎文庫

●最新刊
## HEAVEN 萩原重化学工業連続殺人事件
浦賀和宏

ナンパした女を情事の最中に殺してしまった零。だが警察が到着した時には死体は消え、別の場所で、頭蓋骨の中の脳を持ち去られた無残な姿で見つかる。脳のない死体の意味は？　超絶ミステリ！

●最新刊
## 鈍足バンザイ！ 僕は足が遅かったからこそ、今がある。
岡崎慎司

足が遅い。背も低い。テクニックもない。だからこそ、一心不乱に努力した。日本代表の中心選手となり、2015-16シーズンには、奇跡のプレミアリーグ優勝を達成した岡崎慎司選手の信念とは？

●最新刊
## わたしの容れもの
角田光代

人間ドックの結果で話が弾むようになる、中年という年頃。老いの兆しを思わず嬉々と話すのは、変化とはおもしろいことだから。劣化した自分だって新しい自分。共感必至のエッセイ集。

●最新刊
## 日本核武装（上）（下）
高嶋哲夫

日本の核武装に向けた計画が発覚した。官邸から全容解明の指示を受けた防衛省の真名瀬は関係者を捜し、核爆弾が完成間近である事実を摑む……。この国の最大のタブーに踏み込むサスペンス巨編。

●最新刊
## 年下のセンセイ
中村　航

予備校に勤める28歳の本山みのりは、通い始めた生け花教室で、助手を務める8歳下の透と出会う。少しずつ距離を縮めていく二人だったが……。恋に仕事に臆病な大人たちに贈る切ない恋愛小説。

## 幻冬舎文庫

●最新刊
### シェアハウスかざみどり
名取佐和子

好条件のシェアハウスキャンペーンで集まった、男女4人。彼らの仲は少しずつ深まっていくが、ある事件がきっかけで、彼ら自身も知らなかった事実が明かされていく――。ハートフル長編小説。

●最新刊
### うっかり鉄道
能町みね子

「平成22年2月22日の死闘」「珐瑯看板フェティシズム」「あぶない！　江ノ電」など、タイトルからして珍妙な脱力系・乗り鉄イラストエッセイ。本書を読めば、あなたも鉄道旅に出たくなる！

●最新刊
### ぼくは愛を証明しようと思う。
藤沢数希

恋人に捨てられ、気になる女性には見向きもされない弁理士の渡辺正樹は、クライアントの永沢から恋愛工学を学び非モテ人生から脱するが――。恋に不器用な男女を救う戦略的恋愛小説。

●最新刊
### キズナ
松本利夫　EXILE ÜSA
EXILE MAKIDAI

EXILEのパフォーマーを卒業した松本利夫、ÜSA、MAKIDAIが三者三様の立場で明かすEXILE誕生秘話。友情、葛藤、努力、挫折。夢を叶えた裏にあった知られざる真実の物語。

●最新刊
### 海は見えるか
真山　仁

大震災から一年以上経過しても復興は進まず、被災者は厳しい現実に直面していた。だが阪神・淡路大震災で妻子を失った教師がいる小学校では希望が……。生き抜く勇気を描く珠玉の連作短篇！

# 幻冬舎文庫

●最新刊
## 101%のプライド
村田諒太

ロンドン五輪で金メダルを獲得後プロに転向、世界ミドル級王者となった村田諒太。常に定説を疑い「考える」力を身に付けて日本人初の〝金メダリスト世界王者〟になった男の勝利哲学。

●最新刊
## 貴族と奴隷
山田悠介

「貴族の命令は絶対！」――30人の中学生に課された「貴族と奴隷」という名の残酷な実験。劣悪な環境の中、仲間同士の暴力、裏切り、虐待が繰り返されるが、盲目の少年・伸也は最後まで戦う！

●最新刊
## 北京でいただきます、四川でごちそうさま。
四大中華と絶品料理を巡る旅
吉田友和

中国四大料理を制覇しつつ、珍料理にも舌鼓を打つ。突っ込みドコロはあるけど、一昔前のイメージを覆すほど進化した姿がそこにあった。弾丸日程でも大丈夫、胃袋を摑まれること間違いなし！

●最新刊
## 黒猫モンロヲ、モフモフなやつ
ヨシヤス

里親募集で出会った、真っ黒な子猫。家に来た最初の晩から隣でスンスン眠る「モンロヲ」は、すぐ大切な家族になった。愛猫との〝フツーで特別な日々〟を綴った、胸きゅんコミックエッセイ。

●最新刊
## 天が教えてくれた幸せの見つけ方
岡本彰夫

「慎み」「正直」「丁寧」を心がけると、神様に愛されます。「食を大切にすれば運が開ける」「お金は、いかに集めるかより、いかに使うか」など、毎日を幸せに生きるヒント。

熊金家《くまがねけ》のひとり娘《むすめ》

まさきとしか

平成30年4月10日　初版発行
令和5年4月15日　2版発行

発行人――石原正康
編集人――高部真人
発行所――株式会社幻冬舎
〒151-0051東京都渋谷区千駄ヶ谷4-9-7
電話　03(5411)6222(営業)
　　　03(5411)6211(編集)
公式HP　https://www.gentosha.co.jp/
印刷・製本―株式会社　光邦
装丁者――高橋雅之



幻冬舎文庫

ISBN978-4-344-42727-3　C0193　ま-33-2

この本に関するご意見・ご感想は、下記アンケートフォームからお寄せください。
https://www.gentosha.co.jp/e/